실명무사

김문형 新무협 판타지 소설

FANTASTIC ORIENTAL HEROES

실명무사 2

김문형 新무협 판타지 소설

초판 1쇄 찍은 날 § 2019년 4월 19일
초판 1쇄 펴낸 날 § 2019년 4월 26일

지은이 § 김문형
펴낸이 § 서경석

총괄팀장 § 최하나
편집책임 § 강민구

펴낸곳 § 도서출판 청어람
등록번호 § 제387-1999-000006호
등록일자 § 1999. 5. 31
어람번호 § 제2-2783호

주소 § 경기도 부천시 부일로 483번길 40 서경B/D 3F (우) 14640
전화 § 032-656-4452 팩스 § 032-656-4453
http://www.chungeoram.com
E-mail § chungeorambook@daum.net

ISBN 979-11-04-91977-0 04810
ISBN 979-11-04-91975-6 (세트)

도서출판 청어람

2

실명무사

김문형 新 무협 판타지 소설

FANTASTIC ORIENTAL HEROES

目次

1장.

석일객잔(夕日客棧)

창천칠조, 이강, 무명이 명을 받고 하산하자, 제갈성은 지객당을 나왔다.

그는 다시 방장실로 향했다.

방장실에는 무혜가 찻물을 우리며 제갈성을 기다리고 있었다.

"끝나셨습니까? 시주들은 잘 내려갔겠지요?"

"다들 두 발이 붙어 있으니 멀쩡히 하산했을 겁니다."

그의 목소리는 이상하리만큼 착 가라앉아 있었다.

제갈성이 손을 들어 망사모를 벗었다. 촘촘한 은빛 망사에 가려졌던 이목구비가 드러났다.

사내답지 않게 흰 얼굴과 붉은 입술. 날렵한 턱선과 총총히 빛나는 눈매. 강호에서 그 얼굴을 본 자가 열 명을 넘지 않는다는 옥면서생 제갈성의 진면목이었다.

제갈성이 말했다.

"맹주님, 그자를 믿을 수 있겠습니까?"

"기억도 이름도 잃어버려서 무명이라 불리는 시주 말씀입니까?"

"네. 신분과 목적이 불분명한 자입니다. 그런데 무림패까지 내어줄 필요가 있었을까요?"

"걱정 마시지요."

무혜가 제갈성의 잔에 차를 따르며 말했다.

"황궁에 잠행하고 있는 것으로 볼 때 망자와 연관된 자가 분명합니다. 게다가 잃어버린 기억을 찾으려 하고 있으니, 당분간은 걱정 안 해도 될 것입니다."

"하지만 본심을 모르지 않습니까? 그자의 생각이 갑자기 바뀐다면요?"

제갈성이 물었다. 그런데 무혜의 대답이 뜻밖이었다.

"이강이 있지 않습니까?"

"이강? 가장 믿을 수 없는 자가 아닌지요?"

"이강은 강호의 사대악인으로 악명이 높으나, 자신만의 생각과 결정에 따라 행동하는 자입니다. 흑랑성 일로 소림에 빚을 졌으니, 이번 일이 끝날 때까지는 무림맹을 도울 것입니다."

그 말에 제갈성은 짚이는 게 있었다.

"이강이 타인의 생각을 읽기 때문입니까?"

"그렇습니다."

무혜가 고개를 끄덕였다.

"황궁 잠행이 쉽게 풀리지 않는 지금, 무명이란 자가 나타난 것은 실로 천운(天運)입니다. 하지만 그의 행동을 짐작할 수 없는 게 문제지요."

"그런 무명에게 이강을 붙여놓아서 생각을 감시하도록 한다?"

"맞습니다."

무혜가 빙긋 미소를 지었다.

"무명이 무림맹을 배신할 마음을 먹으면, 이강이 먼저 알아차릴 겁니다."

"손자병법의 연환계로군요."

제갈성의 두 눈이 반짝 빛났다.

연환계(連環計). 적들끼리 서로 감시하고 견제하도록 만드는 손자병법의 계책.

무명과 이강을 묶어놓아서 혹시 모를 배신을 감시한다. 그것이 바로 속마음이 불분명한 둘에게 무혜가 무림맹의 중책을 맡긴 이유였다.

"그래서 무림패를 선뜻 내어주신 거로군요?"

"그렇습니다."

"맹주님의 뜻을 잘 알겠습니다."

제갈성은 무혜의 말에 수긍하며 고개를 끄덕였다.

그는 왜 소림사가 여전히 무림의 태산북두 자리를 지키고 있는지 눈앞의 인물, 홍면관음 무혜에게서 답을 찾을 수 있었다.

무혜와 제갈성은 그것으로 대화를 끝내고 차를 마셨다.

찻물은 진하고 달콤했다.

창천칠조, 이강, 무명은 소림사를 떠나 개봉으로 향했다.

지객당에서 있었던 일 때문에 창천칠조는 이강을 거들떠보지도 않았다.

이강 역시 거만한 자세를 지우려 하지 않았다.

안 그래도 안하무인인 이강. 그런 그가 무림맹의 요청까지 받았으니, 콧대가 하늘 높이 치솟은 것도 당연했다.

무명은 서로 못 본 척 무시하는 창천칠조와 이강 사이에 끼어서 곤혹을 치렀다.

다행히 괴이한 동행은 오래가지 않았다. 개봉이 낙양과 같은 하남 땅에 있었기 때문이다. 일행은 말을 타고 이틀을 달려서 개봉에 도착했다.

개봉(開封)은 낙양과 함께 중원의 삼대고도에 들어가는 대도시다.

하지만 강호에서 개봉은 다른 이유로 더욱 유명했다. 개봉에는 천하 거지들의 방파인 개방(丐幇)의 본거지가 있었던 것이다.

창천칠조는 도착하자마자 큰길 사거리에 있는 찻집을 찾았다. 그리고 말을 묶어둔 다음 찻집에 들어갔다.

점소이가 만면에 미소를 띠며 달려왔다.

"어서 오십쇼! 뭘 드릴까요?"

창천칠조의 조장, 장청이 검지를 세워 보이며 말했다.

"청차(靑茶) 한 잔."

"네. 다른 분들은요?"

"다른 사람은 됐네. 한 잔만 갖다 주게."

"알겠습니다……."

점소이의 얼굴이 대번에 굳어졌다. 창천칠조, 이강, 무명까지 다 해서 일곱 명이 들어왔는데 주문한 게 고작 차 한 잔이니, 점소이가 불만을 품은 것도 무리가 아니었다.

곧 주문한 차가 나왔다.

그런데 장청의 행동이 이상했다.

그가 찻잔에 덮인 뚜껑을 열더니 한 모금에 차를 마셨다. 그리고 찻잔을 거꾸로 뒤집어서 놓은 다음 그 위에 뚜껑을 올리는 것이 아닌가?

차를 마실 줄 모르는 어린아이나 해봄 직한 장난.

하지만 약관이 지난 명문정파의 후기지수가 할 짓은 아니었다.

무명이 어이없어하고 있을 때였다.

[지금 조장 놈이 한 건 흑화의 일종이다.]

[흑화(黑話)? 흑도에서 쓰는 은어 말이오?]

[명문정파 놈들도 흑화를 쓰곤 하지. 지금처럼 얼굴을 모르는 자와 연락할 때 말이다.]

이강이 전음으로 설명했다.

[조금 있으면 무림맹의 연락책이 흑화를 알아차리고 접근할 거다.]

일행은 말을 걸어올 사람을 기다렸다.

일곱 명의 남녀가 다 마신 찻잔 하나를 앞에 두고 말없이 앉아 있는 광경은 괴이하기 짝이 없었다.

차 한 잔 마실 시간이 지났을 때였다.

"한 푼 줍쇼."

일행은 목소리가 들린 쪽으로 고개를 돌렸다. 찻집 밖의 그늘진 곳에 거지 하나가 있었다.

그는 봉두난발은 물론 몇 달을 씻지 않았는지 더럽고 지저분했다.

거지가 일행을 향해 다가왔다. 악취가 코를 찔렀다. 일행은 눈살을 찌푸렸고, 남궁유는 대놓고 두 손가락으로 코를 막았다.

"아유, 냄새! 저리 가!"

"한 푼만 줍쇼. 자자손손이 부귀영화를 누릴 것입니다요."

산동악가의 악척산이 자리에서 일어나 말했다.

"돈 없으니 꺼져라."

하지만 거지는 꿈쩍도 않고 동냥 그릇을 앞으로 내미는 것이었다.

"그럼 두 푼만 줍쇼."

"이자가 정말?"

악척산이 허리에 찬 검에 손을 가져갔다.

그때였다. 장청이 그를 막았다.

"척산. 그만둬라."

"뭐라고? 왜?"

악척산이 반문했다. 하지만 장청의 진지한 눈빛을 보고서 그는 손을 내렸다.

장청이 거지에게 말했다.

"세 푼을 주겠다면?"

거지가 두 손을 모아 합장을 하며 대답했다.

"출가하여 숭산에 들어가 생불(生佛)이 되겠소."

그 말에 일행은 깜짝 놀란 얼굴로 서로를 돌아봤다.

숭산은 방금 떠나온 소림사가 있는 곳이다. 그렇다면 숭산에서 생불이 되겠다는 말은 곧 소림사의 무승을 뜻하는 것이 아닌가?

장청이 재차 물었다.

"네 푼을 주겠다면?"

"무당산에 들어가 우화등선을 할 것이오."

무당산은 무당파(武當派)가 있는 곳이다. 즉 무당파의 도사를 뜻하는 말이었다.

강호에서 용호상박하는 두 명문정파를 비유해서 말한 거지. 일행은 그가 평범한 거지가 아님을 깨달았다.

"다섯 푼을 줄 테니 좋은 자리로 안내하게."

"북동쪽으로 모시겠소."

중원의 북동쪽은 천자가 있는 북경을 뜻했다. 즉 장청과 거지가 대화한 문답은 무림맹의 일원임을 확인하는 흑화였던 것이다.

"이쪽으로."

거지가 몸을 돌려 그늘 속으로 들어갔다. 일행은 자리에서 일어나 그를 따라갔다.

거지는 구자개라는 이름의 개방 인물이었다.

그가 앞장을 서서 걸어갔다.

창천칠조는 구자개를 감안해서 말을 달리지 않고 걷게 했다. 구자개가 무공을 익힌 개방인이지만, 사람이 말의 걸음을 이길 수는 없으니까.

그런데 구자개의 걸음이 느려도 너무 느렸다.

좌우로 비틀거리며 느릿느릿 발을 떼는 구자개. 꼭 낮술이라도 한 것 같았다.

개방은 등에 짊어진 푸대 자루의 개수로 지위의 높고 낮음을 구별한다. 처음 신입 거지가 푸대 자루를 메기 위해서는 삼 년의 세월이 필요했다. 방주 말고 가장 높은 신분인 장로는 아홉 개의 자루를 멨다.

구자개가 짊어진 푸대 자루는 모두 네 개였다. 서열이 높은 편은 아니지만, 그렇다고 낮은 것도 아니었다.

그런 구자개가 허송세월하며 걷고 있으니 뒤따라가는 일행은 답답할 뿐이었다.

악척산이 지루함을 못 참고 물었다.

"대체 어디로 가는 거요?"

"금방 도착하오."

"금방이 대체 언제요? 아까도 금방이라고 하지 않았소?"

하지만 몇 번을 물어도 구자개는 '금방 도착한다'라고만 대답했다. 까다로운 악척산마저 묻는 것을 포기했다.

결국 두 시진을 꼬박 걸어서야 여정은 끝났다.

"저곳에서 짐을 풉시다."

구자개가 가리킨 곳은 허허벌판에 서 있는 한 객잔이었다.

객잔은 외딴 곳에 있는 것치고는 상당한 규모였다. 과거에는 장사가 잘됐다는 뜻이리라.

그러나 지금은 근처에 사람 그림자라고는 찾아볼 수 없으니, 객잔 안이 텅 비어 있을 거라는 사실은 불 보듯 뻔했다. 그걸 증명하듯이 기둥과 벽면 곳곳에 거미줄과 벌레 먹은 흔적이 보였다. 대문 위에 걸린 편액 역시 강풍이 불면 당장 떨어질 것처럼 낡아 있었다.

편액에 적힌 글씨는 '석일객잔(夕日客棧)'이었다.

일행이 객잔 앞에 도착하자 점소이가 나왔다.

"어서 옵쇼."

점소이는 동작이 굼뜬 것은 물론, 목소리에 생기가 하나도 없었다. 망해가는 객잔의 점소이에 딱 어울렸다.

악척산이 중얼거렸다.

"칫. 저놈도 거지처럼 낮술을 처마셨나 보군."

장청이 주문했다.

"말에게 물과 먹이를 주고 방을 네 개 준비하게."

계속해서 그가 일행을 돌아보며 말했다.

"나와 악척산과 이강이 한 방, 당호와 무명이 한 방, 정영과 남궁유가 한 방을 쓴다. 구자개 당신도 방을 하나 쓰시오."

장청이 악취가 심한 구자개에게 따로 방을 배정하자, 창천칠조는 내심 가슴을 쓸어내리며 안도했다.

그런데 구자개가 고개를 젓는 것이었다.

"개방인의 침상은 땅, 이불은 하늘이오. 나는 밖의 헛간에서 잘 테니 식은 밥 한 덩이나 챙겨주시오."

"…알았소. 방은 세 개만 주게."

구자개가 방을 거절하자 장청도 더 권하지 않았다.

점소이가 하품을 하며 등을 돌렸다.

"이쪽입니다."

일행은 그를 따라 객잔으로 들어섰다.

객잔 내부는 예상했던 것보다 훨씬 넓었다.

일층은 술과 음식을 먹을 수 있도록 식탁이 놓여 있었는데, 식탁의 수만 열네댓 개였다. 오육십 명이 동시에 식사를 하는 데 충분한 개수였다.

또한 건물 크기로 볼 때, 내부는 최소한 삼 층 이상일 거라 짐작됐다. 일 층 왼편에 위로 올라가는 계단이 있었다. 오른편에는 주방으로 연결된 좁은 복도가 보였다.

큰 도시에 있더라도 부족함이 없을 것 같은 객잔.

그런데 이상하게도 일 층에 손님이 하나도 보이지 않는 것이었다.

해가 떨어지고 있는 참이니, 저녁 식사를 하거나 술을 마시는 식탁이 서넛쯤은 있어야 했다. 하지만 객잔에는 지금 막 들어온 창천칠조 일행과 점소이 외에는 아무도 없었다.

정영이 고개를 갸웃하며 말했다.

"이렇게 넓은데 손님이 우리밖에 없나?"

당호가 대답했다.

"어지러운 시절입니다. 뒤를 대주는 방파가 없는 객잔이 망하는 건 쉽게 볼 수 있죠."

그때 구자개가 나직하게 말했다.

"그 얘기는 조금 있다가 설명하겠소."

"……."

정영과 당호는 서로를 돌아보며 입을 다물었다. 구자개의 말투로 보아 무슨 사정이 있는 게 분명했다.

일행은 점소이를 따라 계단을 올라갔다.

점소이가 안내한 곳은 삼 층이었다. 계단은 삼 층에서 끝나지 않고 계속 이어졌다. 물론 삼 층까지 올라오면서 마주친 손님은 한 명도 없었다.

무명은 복도 천장을 올려보며 생각했다.

'객잔은 오 층까지 있겠군.'

밖에서 본 건물의 높이와 삼 층까지 올라온 거리를 비교했을 때 추측이 가능했다. 만약 사 층밖에 없다면, 지붕 밑에 다락방이 있는 구조이리라.

일행은 나란히 늘어선 방 세 개를 배정받았다.

"그럼 쉬십쇼."

점소이가 구부정하게 허리를 숙인 뒤 계단을 내려갔다.

일행은 우선 장청의 방으로 모였다.

장청이 말했다.

"짐을 푼 다음 마을로 출발한다."

그런데 구자개가 고개를 젓는 것이었다.

"하룻밤을 묵은 뒤 내일 아침 마을로 갑시다."

일행은 서로를 돌아봤다. 아직 해가 남아 있는데 마을로 가지 않고 객잔에 묵자는 구자개의 말이 뜬금없었기 때문이다.

장청이 물었다.

"이유가 무엇이오?"

"이 객잔을 지나면 도중에 인가가 하나도 없이 바로 마을이오."

"그럼 잘됐지 않소? 곧 해가 떨어질 테니 당장 갑시다."

"늦었소. 지금 그 마을로 들어가면 안 되오."

어느새 구자개의 목소리가 싸늘하게 얼어붙어 있었다.

"해가 떨어진 뒤 마을로 들어간 사람 중에 다시 나온 자는 아무도 없소."

구자개의 말은 믿기 힘든 것이었다.

"해가 진 뒤 마을로 들어간 사람은 두 번 다시 강호에 얼굴을 보이지 않았소."

그가 두려움에 떠는 목소리로 말했다.

"밤이 지나고 아침이 오면 안전할 것이오. 여기가 마을 근처에 있는 유일한 객잔이니, 하룻밤을 묵고 해가 뜨면 갑시다."

일행은 잠시 입을 다문 채 침음했다.

장청이 침묵을 깨고 말했다.

"그럼 마을까지만 안내하시오. 그다음은 우리가 알아서 하겠소."

그러나 구자개는 세차게 고개를 저었다.

"지금 가겠다면 막지 않겠소. 하지만 나는 여기서 한 걸음도 더 못 가오."

악척산이 피식 냉소를 터뜨렸다.

"개방은 천하 거지들의 방파인 줄 알았는데, 이제 보니 천하 겁쟁이들의 집합소였군."

"뭐라고?"

구자개가 고개를 홱 치켜들며 악척산을 노려봤다.

분위기가 험악해졌다. 장청이 둘 사이를 가로막았다.

"척산, 말이 심하다."

하지만 말과는 달리 장청은 척산을 탓하는 표정이 아니었다. 악척산 역시 어깨를 으쓱해 보일 뿐 구자개에게 사과의 말은 하지 않았다.

강호에서 명문정파의 하나로 인정받는 개방.

그러나 개방은 엄연히 천한 거지들의 집합소였던 것이다. 적어도 내로라하는 명문정파의 후기지수들이 보기에는.

구자개는 분노를 억누른 채 시선을 돌렸다. 그러더니 나직한 목소리로 입을 열었다.

"나도 직접 마을에 가기 전까지는 당신들처럼 별일 아니라고 생각했소."

"그런데?"

"그런데… 그곳은 생지옥이었소."

구자개가 침을 한번 꿀꺽 삼키더니 그간의 사정을 얘기하기 시작했다.

"석 달 전의 일이오. 개봉 옆에 있는 기릉(岐陵)이란 마을에서 죽은 시체가 되살아난다는 소문이 들렸소."

기릉은 하남과 산동의 경계에 있는 곳으로, 수백 명의 사람들이 광산 일을 해서 먹고사는 작은 마을이었다.

"개방은 두 명을 기릉으로 보내서 무슨 사정인지 조사하게 했소. 그런데 며칠이 지나도 그들은 돌아오지 않았소. 개방은 다시 두 명을 보냈소. 하지만 그들 역시 소식이 끊어졌소."

구자개의 목소리가 점점 무엇에 홀린 듯이 변해갔다.

"무슨 일이 있는 게 분명했소. 개방은 이번에는 인원수를 두 배로 하여 네 명을 기릉으로 보냈소. 그러나 열흘이 지나도 보름이 지나도 그들은 감감무소식이었소."

일이 심상치 않게 돌아가자 개방은 개방인들에게 소집령을 내렸다.

당시 개봉에 있던 모든 개방인이 근처 공터에 모였다.

회의 결과, 오의파(汚衣派)가 사건을 조사하기로 했다.

개방 사대장로 중에서 오의파를 맡고 있는 양 장로는 오의파 거지가 몽땅 가는 것으로 결정을 내렸다. 앞서 보낸 세 조 여덟 명의 거지가 아무도 소식이 없으니, 사태가 심각하다고 여겼기 때문이다.

양 장로를 포함해서 모두 칠십이 명의 거지가 기릉으로 떠났다.

구자개가 멍한 눈으로 허공을 응시하며 중얼거렸다.

"나도 그 일행 중에 있었소."

창천칠조 일행은 그 말을 듣고 고개를 끄덕였다.

개방이 정의파(淨衣派)와 오의파(汚衣派), 둘로 나뉘어 있다는 것은 강호인이라면 누구나 아는 사실이었다.

원래 개방은 갈 곳 없는 거지들이 힘을 합치기 위해 만들어진 방파였다. 집도 소속도 없는 거지들은 어딜 가든 문전박대 신세였기 때문이다. 천하 거지들의 수가 엄청난 만큼 개방은 금세 세를 불려 나갔다.

그런데 개방의 위세가 높아지자 불만을 품은 거지들이 나타났다. 바로 정의파였다. 그들은 개방이 강호의 명문정파로서 품격을 갖추어야 한다고 주장했다. 때문에 깨끗한 옷을 입고 강호인으로 행동했다.

반면 오의파는 거지의 본분을 지켜야 된다고 주장했다. 오의파는 강호인이 된 이후에도 여전히 씻지 않고 옷을 더럽게 입으며 구걸을 했다.

시간이 지날수록 개방의 높은 인물들은 정의파로 돌아섰다. 돈과 힘이 생기자 거지 생활을 그만두고 부귀영화를 좇았던 것이다. 정의파와 오의파의 대립은 당금 개방이 안고 있는 큰 골칫거리였다.

봉두난발에 악취가 진동하는 구자개는 누가 봐도 오의파 거지였다.

그런데 오의파가 모두 기룡으로 떠났다고 했으니, 창천칠조 일행은 구자개도 그중에 있었으리라고 짐작했던 것이다.

"우리는 해가 질 무렵 기릉에 도착했소. 마을에는 사람이 아무도 없었소."

구자개의 얘기가 계속됐다.

"그때는 아직 낮이라 다들 광산에 있으리라 생각했소. 사내들은 광산에서 철을 캐고, 여인들은 굴 밖에서 음식을 준비하는 것으로 말이오. 마을에 아이가 하나도 보이지 않는 게 이상했지만, 다들 신경 쓰지 않았소."

구자개의 목소리가 싸늘하게 식어갔다.

"지금 생각해 보면 그때 당장 마을을 나왔어야 했소."

오의파 개방인들은 마을 광장에 진을 치고 앉았다. 그리고 식은 밥 덩이와 삶은 닭발 등을 꺼내 먹었다. 양 장로가 값싸게 빚은 죽엽청주를 돌렸다. 반나절 넘게 허허벌판을 걸어온 거지들의 사기를 높이기 위해서였다.

"곧 해가 떨어졌소. 나는 술을 먹은 게 탈이 났는지 배 속에서 천둥이 울렸소."

기분 좋게 취한 동료들을 뒤로하고 구자개는 뒷간으로 갔다.

구자개가 뒷간에 앉아 한참 용을 쓸 때였다.

"마을 뒤편의 산길에서 노랫소리가 들렸소."

一盞喉吻潤(일잔후문윤)

첫 번째 잔에 목과 입술이 젖고

二盞破孤悶(양잔파고민)

두 번째 잔에 고독과 번민이 사라지네

장청이 물었다.

"노랫소리라고?"

"그렇소. 칠잔주가라는 노래요."

그 말에 이강이 눈썹을 찡그리며 말했다.

"빌어먹을 거지 놈들. 칠완다가(七椀茶歌)를 칠잔주가(七盞酒歌)로 바꾸다니."

칠완다가는 당나라 때 시인 노동의 시였다. 이강의 말에 따르면, 개방 거지들은 차 한 잔을 뜻하는 완다(椀茶)를 술 한 잔을 뜻하는 잔주(盞酒)로 바꿔서 노래로 부른 것이었다.

"시구가 애들 장난인 줄 아냐? 네놈들 마음대로 뜯어고치게."

창천칠조는 이강의 말이 뜻밖인지 서로를 돌아봤다.

하지만 무명은 그의 심정을 헤아릴 수 있었다.

황궁 밑의 지하 감옥에 갇혀 있을 때, 이강은 이백의 시구를 천자문 외우듯이 술술 읊었다. 사대악인이라는 칭호와 어울리지 않게 시구와 문장에 해박한 이강. 그런 그가 거지들의 행동을 못마땅해하는 것은 당연했다.

구자개가 개방을 변명하며 말했다.

"값비싼 차를 마시는 즐거움? 개방인에게는 사치요. 우리는 싸구려 술 한 잔으로 족하오."

"궁색 맞은 놈들이군."

이강이 비꼬았으나, 구자개는 그를 무시하며 말을 이었다.

"칠잔주가를 부르는 것을 보니, 마을로 갔다가 소식이 없는 개방인인 것 같았소."

예상은 맞았다.

마을에서 광산으로 이어지는 산길을 거지 하나가 느릿느릿 내려오고 있었다.

광장에 둘러앉은 거지들이 일제히 고개를 돌렸다. 산길을 내려오는 자는 호일평이란 거지였는데, 가장 먼저 기릉으로 떠났던 두 명의 거지 중 하나였다.

술이 확 깼다. 거지들이 모두 자리에서 일어섰다.

양 장로가 물었다.

"호일평! 어찌 된 일이냐?"

"……."

호일평은 아무 말 없이 비틀비틀 다가왔다. 그러더니 몸을 낮추며 허리를 숙였다.

양 장로는 혹시 그가 부상이라도 입었나 싶어서 앞으로 다가갔다.

"호일평! 대체 무슨 일이냐? 그간 사정을 얘기……."

그때였다.

크르르르!

호일평의 입에서 개가 으르렁거리는 소리가 새어 나왔다.

"호, 호일평?"

커어어엉!

호일평이 개가 짖는 소리를 토하며 양 장로에게 달려들었다. 그리고 턱을 쩍 벌려서 양 장로의 목덜미를 물었다.

콰직! 호일평이 양 장로의 목덜미 살점을 크게 한 입 물어뜯었다.

시뻘건 핏줄기가 허공에 솟구쳤다.

"아아아악!"

양 장로는 비명을 지르며 바닥에 쓰러졌다. 호일평은 그대로 양 장로 위에 엎어지며 계속해서 목덜미와 어깻죽지를 물어뜯었다.

마치 사흘을 굶은 자가 생고기를 씹어 삼키는 것처럼.

거지들은 아연실색해서 그 장면을 멍하니 바라봤다.

그러다가 곧 정신을 차리고 호일평을 양 장로에게서 떼어내려 했다.

"이봐, 호일평! 정신 차려!"

"누가 이 새끼 좀 말려봐!"

하지만 호일평은 꿈쩍도 하지 않고 양 장로에게 달라붙었다. 거지들은 호일평을 떼지 못하자 급기야 주먹과 발을 쓰기 시작했다. 그들이 호일평의 등과 옆구리를 마구잡이로 구타했다.

퍽퍽퍽퍽…….

그러나 아무리 맞고 차여도 호일평은 요지부동이었다.

양 장로의 전신이 금세 피칠갑이 되었다.

더는 안 되겠다 싶었는지 거지 하나가 허리춤에서 단검을 뽑아 들었다.

다른 거지들도 그를 보며 고개를 끄덕였다. 이제 호일평은 방법이 없었다. 양 장로만이라도 목숨을 구해야 했다.

그런데 거지가 막 호일평의 등에 검을 꽂으려 할 때였다.

키에에에엑!

어디선가 귀청을 찢을 듯한 괴성이 들렸다.

뒷간에 앉아 나무로 된 벽 틈새로 광장을 보던 구자개는 경악하고 말았다.

언제 어디서 나왔는지 수많은 사람들이 광장을 향해 다가오고 있었던 것이다.

터벅, 터벅, 터벅…….

사람의 수는 족히 수백 명이 넘어 보였다. 마을에 있는 모든 사람이 갑자기 한꺼번에 모습을 드러낸 것이었다.

그리고 그들 중에는 호일평 말고 개방이 먼저 보냈던 다른 거지 일곱 명도 함께 있었다.

호일평이 개방인들을 검지로 가리키며 소리 질렀다.

키에에엑!

그것이 신호였다. 사람들이 괴성을 지르며 개방인들에게 덤벼들었다.

"…일방적인 살육극이었소."

구자개가 얼이 빠진 얼굴로 중얼거렸다.

개방에는 타구진법(打狗陳法)이라는 유명한 합격진이 있었다. 오의파 거지가 모두 칠십이 명. 타구진법을 펼치기에 충분한 숫자였다.

하지만 명을 내려야 할 양 장로는 호일평에게 물어뜯겨서 사경을 헤매고 있었다.

또한 타구진법은 천대받는 거지들이 똘똘 뭉쳐서 타 문파를 상대하기 위한 비책이었다. 즉 무공 실력이 부족한 거지들이 쪽수를 앞세우는 전법이었던 것이다.

그런데 지금은 반대로 수백 명의 마을 사람들에게 포위된 상황이니…….

결국 타구진법은 펼쳐 보지도 못하고 말았다.

게다가 가장 큰 문제가 있었다.

"호일평처럼 다른 자들도 아무리 때리고 차도 쓰러지지 않고 계속 덤비는 것이었소."

개방인들은 정신없이 주먹을 날리고 발을 차고 검을 찌르고 봉을 휘둘렀다.

그러나 사람들은 죽지 않았다.

아니, 목이 베이고 피가 철철 흘러도 다시 일어나 덤벼들었다.

그리고 산 자의 생살을 물어뜯었다.

곧 광장은 개방인들의 비명 소리로 가득 찼다.

아아아아악…….

구자개는 얼어붙은 채 그 광경을 지켜봤다.

차 한 잔 마실 시간이 지났다. 어느새 비명 소리는 사라져서 들리지 않았다.

"나는 깨달았소. 이제 마을에서 살아 있는 자는 나 하나뿐이라는 것을."

오의파의 명예를 걸고 출진했던 칠십이 명의 개방인들. 그들은 구자개 하나를 제외하고 모두가 죽었다 되살아난 시체들에게 당해 버린 것이었다.

"그때였소. 뒷간에 어떤 자가 들어왔소."

다름 아닌 호일평이었다.

"실은 호일평과 나는 이십 년 지기요. 그와 나는 개방에 들어오기 훨씬 전, 어릴 때부터 막역한 친구였소. 해서 그의 몸 구석구석을 내 몸처럼 잘 알고 있소."

호일평은 전신에 피칠갑을 하고 있었다. 양 장로가 흘린 피를 뒤집어쓴 것이었다.

호일평이 한 발, 한 발 구자개가 있는 쪽을 향해 걸어왔다. 그의 무표정한 눈빛이 뒷간 곳곳을 살폈다.

구자개의 심장이 쿵쿵 뛰었다.

다행히 호일평은 끝까지 오지 않고 발을 멈췄다.

"만약 한 발짝만 더 왔다면 나는 꼼짝없이 들켰을 거요."

호일평은 몸을 돌리더니 뒷간을 나갔다.

그때 구자개의 시선에 괴이한 모습이 들어왔다.

"몸을 돌린 호일평의 목에 빙 둘러서 흉터가 있었소. 다시 보자, 그것은 단순한 흉터가 아니었소."

구자개는 하마터면 비명을 지를 뻔했다.

"그것은 한번 잘린 목을 다시 붙인 자국이었소."

호일평이 나간 뒤에도 구자개는 한참을 뒷간에 숨어 있었다. 그는 사람들의 기척이 사라진 틈을 타서 뒷간을 빠져나왔다.

그리고 혼비백산해서 뒤도 돌아보지 않고 마을에서 도망쳤다.

"호일평은 사람이 아니었소. 한번 죽은 시체가 되살아났던 것이오."

개봉으로 돌아온 구자개는 며칠을 밥도 먹지 못하고 앓아누웠다. 간신히 몸을 추스른 그는 소림사로 서찰을 보냈다.

그것으로 구자개의 얘기가 끝이 났다.

구자개가 소리쳤다.

"이제 알겠소? 여기서 한 발짝만 더 들어가면 바로 마을이오. 게다가 곧 밤이오. 죽은 시체들이 되살아나서 돌아다닌단 말이오!"

구자개는 자신의 말을 믿어달라는 듯 창천칠조의 얼굴을

하나하나 돌아봤다.

그러나 그들의 반응은 구자개의 기대를 저버리는 것이었다.

장청은 피식 헛웃음을 지었다. 당호는 심드렁한 얼굴로 딴청을 했다. 남궁유는 '이제 끝났어?'라는 듯이 하품을 했다. 악척산과 정영도 별다르지 않았다.

구자개는 잠깐 망연자실하더니 곧 담담한 표정으로 바뀌었다.

모든 걸 포기한 사람의 얼굴.

무명은 구자개의 심정을 알 수 있었다. 개봉에 돌아온 뒤에도 구자개의 말을 귀담아듣는 이는 아무도 없었을 것이다. 죽은 시체가 되살아났다? 직접 두 눈으로 보지 않는 이상, 그 얘기를 믿는 자가 오히려 바보이리라.

그러나 무명은 구자개의 말을 믿었다.

지하 감옥에서 되살아난 시체, 망자를 직접 목격했으니까.

장청이 구자개에게 말했다.

"얘기 끝났소?"

"…그렇소."

그러자 장청은 창천칠조를 돌아보며 물었다.

"여기 개방인께서 귀한 충고를 하셨는데, 어떻게 할까?"

말속에 가시가 들어 있었다.

가장 먼저 대답한 것은 정영이었다.

"지금 당장 가야 해. 또 어떤 피해자가 나올지 모르잖아?"

당호가 반문했다.

"지금까지 뭘 들으셨습니까? 밤이 되면 죽은 시체가 되살아난다잖아요."

그의 말투에도 장청처럼 구자개를 비꼬는 심리가 숨어 있었다.

정영이 코웃음을 쳤다.

"저자 말을 정말 믿어? 겁에 질려서 헛것을 봤겠지. 마을에 있는 건 그냥 괴이한 사술을 부리는 흑도 무리일 거야."

자신을 비웃는 창천칠조의 대화를 듣자 구자개는 두 주먹을 움켜쥐고 부르르 떨었다. 하지만 한마디 말도 하지 않았다. 말해봤자 소용없을 테니까.

악척산이 입꼬리를 씨익 밀어 올리며 말했다.

"당장 가자. 죽은 시체가 되살아난다고? 상관없어. 다시 한 번 죽이면 그만이지."

남궁유가 비음 섞인 목소리로 말했다.

"넘 무섭겠다! 한밤중에 귀신 나오는 폐가 가는 거잖아?"

구자개가 더 이상 못 참겠는지 분노를 터뜨렸다.

"개방인 칠십이 명이 손도 못 쓰고 당했소! 당신들은 두렵지도 않소?"

악척산이 차가운 목소리로 중얼거렸다.

"흥. 거지 칠십이 명이 무슨 대수라고."

"뭣이!"

장청이 악척산을 지적했다.

"척산. 그는 소림사에 연락한 개방인이다. 예의를 지켜라."

"예의? 헛것을 보고 오줌이나 지리며 도망친 거지 놈한테?"

당호가 끼어들어 한마디 했다.

"잠깐. 말은 바로 합시다. 구자개 당신이 죽지 않고 살아남았으니, 칠십이 명이 아니라 칠십일 명이 당한 거죠. 그렇지 않습니까?"

"……."

당호가 빙그레 웃었다. 구자개는 더는 화낼 기운도 없는지 입을 다물었다.

그때 누군가가 킬킬거리며 웃음을 터뜨렸다.

"후후후, 그것 참 재미있군."

기분 나쁜 웃음소리의 주인공은 이강이었다.

"아주 자신만만하시군. 과연 무림맹이야. 명문정파의 후기지수들을 잘도 모아놨어."

창천칠조를 비웃은 이강은 구자개를 향해 고개를 돌렸다.

"칠십이 명이 갔다가 고작 한 놈만 살아서 도망쳤군. 그래, 오의파는 안녕하신가?"

"……!"

구자개는 깜짝 놀란 얼굴로 이강을 바라볼 뿐 대답을 하지 못했다.

장청이 물었다.

"갑자기 오의파의 안위는 왜 묻지?"

다른 창천칠조도 뜬금없다는 얼굴로 이강을 봤다.

"하나만 알고 둘은 모르는 놈들이군. 무명, 네놈은 알겠냐?"

이강이 이번에는 무명을 돌아봤다.

무명은 천천히 고개를 끄덕였다.

"알 것 같소."

"고명하신 명문정파 놈들한테 설명 좀 해줘라."

무명은 이강과 시선을 한번 교환했다. 이강처럼 남의 생각을 읽을 수는 없지만, 지금 그의 머릿속에 든 생각이 무엇인지 똑똑히 알 수 있었다.

"개봉은 개방의 본거지가 있는 곳이오. 한데 무림맹이 보낸 창천칠조를 맞아서 나온 거지는 단 한 명이었소. 구자개 당신."

무명이 설명했다.

"정의파는 처음부터 이 일에서 손을 뗐을 것이오. 그게 아니라면, 오의파 거지 칠십일 명이 몰살됐는데 무림맹의 연락책을 고작 한 명이 맡을 리가 없지 않소? 게다가 구자개는 푸대 자루가 네 개에 불과하오. 지위가 높다고는 절대 말할 수 없지."

무명이 말을 멈추고 구자개를 돌아봤다.

구자개는 침을 꿀꺽 삼키며 아무 말도 하지 못했다. 무명의 짐작이 들어맞다는 뜻이었다.

"무림맹 사람들이 왔는데 장로가 맞이하기는커녕 푸대 자루 네 개의 구자개가 나왔다? 지금 개봉에 있는 오의파 거지는 그가 유일하다는 뜻이오. 오의파가 영영 사라질지 모르는 위기에 처했다는 뜻이기도 하오."

짝짝짝!

말이 끝나기가 무섭게 이강이 박수를 쳤다.

"과연 서생 놈이 심중 헤아리는 것은 기가 막히다니까. 당문 놈아, 보고 좀 배워라."

이강이 비꼬았지만, 당호는 수긍하는지 조용히 말했다.

"확실히 일리가 있군요. 그것까지는 미처 예상하지 못했습니다."

이강이 키득거리며 말을 이었다.

"정의파는 관과 연줄을 만들어서 돈방석에 앉았는데, 거지 주제에 대의명분을 따지는 오의파는 겁 없이 나대다가 죄다 망자가 되었군."

이강의 말은 개방을 통째로 비웃는 신랄한 것이었다.

그러나 구자개는 창백한 얼굴로 침음했다. 이강의 말이 모두 사실이었던 것이다.

그러다가 무언가 이상한 점을 깨달았는지 물었다.

"잠깐. 그들이 망자가 되었다고?"

"그래. 망자에 대한 소문 못 들어봤나?"

"흑랑성이 멸문당한 게 망자 때문이라는 소문을 듣기는 했소. 하지만 그런 헛소문은 강호에 한두 개가 아니라서……."

"네놈이 본 게 바로 망자다. 한번 죽은 시체가 되살아난 놈들이지."

"으음……."

이강의 말이 충격적이었는지 구자개는 신음 소리를 흘렸다.

장청이 물었다.

"망자에 대한 소문이 사실이란 말이오?"

"그래. 소림 땡초에게 얘기 못 들었냐?"

"못 들었소."

장청이 무표정한 얼굴로 고개를 젓자, 이강이 피식 실소했다.

"망자 일을 시키면서 망자 얘기를 하지 않았다고? 네놈들이 버리고 쓰는 패라는 말이 정말인가 보구나, 후후후."

장청이 지그시 이강을 쏘아봤다.

당호가 끼어들며 말했다.

"소문은 들어봤습니다. 당문에서도 조사를 한 적이 있죠. 하지만 망자가 있다는 증거는 찾지 못했어요. 시체를 강시로 부리는 술사가 있다는 말처럼, 뜬소문에 불과했죠."

"망자는 강시와 다르다. 살이 썩지 않기 때문에 겉으로 봐서 보통 사람과 구별이 힘들지. 게다가 몸속에 혈선충이라는 벌레가 기생하는데, 망자에게 물리거나 해서 혈선충에 감염되는 자도 망자가 된다."

듣기에 따라 충격적인 말. 하지만 너무 허황되다고 생각했는지 창천칠조는 어깨를 으쓱할 뿐 아무 말도 꺼내지 않았다.

"허어, 미치겠군."

이강이 고개를 절레절레 저었다.

그때 조용히 있던 무명이 입을 열었다.

"맹주님과 부맹주님, 두 분은 일부러 얘기 안 했을 수도 있소."

"뭐라고? 왜?"

"망자에 대해 가장 잘 아는 자는 당신이오. 당금 강호에서 당신보다 망자를 잘 아는 이는 없을지도 모르오. 그러니 직접 창천칠조에게 얘기하라는 생각이 아니었을까?"

"애송이들 데리고 골목대장 하라며 떠미는 격이군."

이강이 귀찮다는 듯 한숨을 쉰 다음 말했다.

"망자가 뜬소문이라고? 네놈들 사형 격인 창천육조는 흑랑성에 들어가서 한 놈도 살아 나오지 못했다. 그뿐이냐? 대사형 격인 무림삼성 역시 몽땅 실종되지 않았냐? 그건 어떻게 설명할 거냐?"

"……."

당시 명문정파의 자부심이었던 무림삼성과 창천육조.

그러나 그들은 모두 흑랑성에 들어간 뒤 실종되었다. 창천칠조도 이번 이강의 말은 반박할 수 없는지 침음했다.

"기룡이란 마을은 흑랑성과 똑같다. 망자가 창궐해서 마을을 집어삼킨 거지."

이강이 망자에 대해 설명하기 시작했다.

"망자는 여러 종류가 있다. 그중에서 가장 숫자가 많은 건 혈귀다."

"혈귀(血鬼)?"

"그렇다. 기릉에 있는 망자들이 바로 혈귀지."

흑랑성 얘기를 꺼내서인지 창천칠조는 비웃지 않고 진지한 얼굴로 이강의 말을 들었다.

"혈귀는 밤에는 어딘가에 숨어서 잠을 자다가 낮이 되면 일어난다. 그리고 생전에 자신이 했던 일을 되풀이해서 반복한다."

"그게 전부요? 전혀 위험해 보이지 않는데?"

"끝까지 들어라. 망자는 산 자의 기척을 알아채는 순간 혈귀로 돌변한다. 호일평이란 거지 놈이 개방인을 보고 괴성을 지른 게 그 증거다. 놈들은 꼭 그렇게 괴성을 질러서 동료 망자를 부르더군."

당호가 고개를 갸웃거리며 물었다.

"이상하군요. 구자개는 낮이 아니라 밤에 죽은 시체가 돌아다닌다고 했는데요?"

"흐음, 그건 그렇군."

이강이 말이 막혀서 침음하자, 무명이 어떤 생각이 떠올라서 말했다.

"당신이 망자에 대해 아는 사실은 흑랑성에서 본 것이오?"

"그래."

"혹시 흑랑성도 지하 도시 같은 곳이오?"

"맞다. 그런데?"

"그럼 문제될 것 없소. 지하 도시에서는 기름불로 시야를 밝힐 뿐 밤낮이 따로 없소. 즉 해가 없는 곳에서는 망자들이 언제 깨어날지 확실히 알 수 없단 뜻이지. 우리에게는 한밤중이 망자들에게는 대낮일지도 모르오."

"네놈 말도 일리가 있군."

이강이 고개를 끄덕인 뒤 말을 계속했다.

"어쨌든 별의별 망자가 다 있는 게 분명하다. 강호 사람들 틈에 숨어 있다는 망자는 혈귀와는 다른 종류겠지."

당호가 물었다.

"그럼 혈귀가 아닌 망자는 어떻게 구분합니까?"

"나도 모른다. 애초에 구분이 가능했으면 강호에 망자가 숨어들었겠냐?"

"제 옆에 있는 자가 실은 망자일지도 모른다는 말씀입니까?"

"그래. 재미있지 않냐? 후후후."

당호마저 쓴웃음을 짓고 있는데 이강은 그답게 실소를 터뜨렸다.

무명은 이강의 태연함에 다시 한번 혀를 내둘렀다.

하지만 악척산은 이강의 얘기가 한심하게 들린 모양이었다.

"망자? 혈귀로 변해서 달려들거나 사람들 틈에 숨어 있다고? 다 상관없다. 그냥 목을 베어버리면 그만이니까."

"훗! 목을 베면 그만이라고?"

이강이 차갑게 웃었다. 그리고 구자개에게 물었다.

"호일평 놈한테서 한번 잘린 목을 다시 붙인 자국을 봤다고 했지?"

"그, 그렇소."

"들었냐, 악가 놈아? 이미 목을 잘리고도 되살아났는데, 또 목이 베인다고 죽을 거 같냐?"

그러나 악척산은 한 치도 물러서지 않았다.

"목을 다시 붙이면 또 베면 된다. 다시 살아나면 또 죽이면 그만이다."

"관두자. 산동 놈들 돌머리가 어디 갈까."

이강은 넌더리가 난다는 얼굴로 고개를 돌렸다.

하지만 다른 창천칠조도 악척산과 생각이 크게 다르지 않은 것 같았다.

정영이 말했다.

"척산의 말이 맞아. 물어뜯으려고 덤비면 목을 베면 되잖아?"

당호가 두 눈이 반달이 되게 웃으며 말했다.

"떨어진 목을 다시 붙이려고 하면 시독(屍毒)을 써서 아주 녹여 버리죠."

남궁유도 비음을 내며 한마디 했다.

"시독으로 녹은 시체도 다시 되살아날까? 재밌겠다!"

당호가 한숨을 쉬며 말했다.

"하아, 그건 무리입니다."

"왜?"

"당문의 시독은 효능이 강력하기로 유명하다고요. 시독을 뿌리면 반 시진이면 시체가 물이 되는데, 무슨 수로 되살아납니까?"

"우웅, 그래? 아쉽네. 재밌는 구경 못 해서."

구자개의 공포에 질린 이야기. 이강의 망자에 대한 설명.

그 어느 것도 창천칠조의 높은 콧대를 누르지 못했다.

이강이 슬쩍 무명에게 전음을 보냈다.

[흑랑성에 있을 때가 차라리 나았군.]

[그때도 지금처럼 여유로웠소?]

[설마. 깊은 지하 굴속에 망자가 득시글했는데 여유 따위 있을 리가 없지.]

[그럼 왜요?]

[그때는 적어도 다들 진지했다. 지금 이 애송이들처럼 망자를 비웃지는 않았지.]

무명은 이강의 심정을 알 것 같았다. 망자보다 무서운 것은 자신을 지나치게 믿는 오만함이리라.

장청이 말했다.

"더 시간 끌지 말고 출발하자. 구자개, 마을이 여기서 가깝다고 했으니 방향만 알려주시오. 안내는 필요 없소."

"…알았소."

구자개는 이제 설득하는 것을 포기했는지 힘없이 고개를

끄덕였다.

그때였다.

방 밖의 복도에서 사람들의 목소리가 들렸다.

객잔에 손님이 든 모양이었다. 시끌벅적한 것으로 볼 때, 대낮부터 술을 마신 취객들인 것 같았다.

당호가 말했다.

"손님이 있는 걸 보니 아직 객잔이 망하지는 않겠군요."

그 말을 증명이라도 하듯, 취객들은 노래를 부르기 시작했다.

그런데 처음 듣는 노래였지만 이상하게도 가사가 귀에 익어 있었다.

一盞喉吻潤(일잔후문윤)

二盞破孤悶(양잔파고민)

그것은 호일평이 불렀던 개방의 취잔주가였다.

2장.

되살아난 시체들의 밤

호일평이 불렀던 개방의 취잔주가가 복도에서 들려왔다.

일행은 딱딱하게 얼어붙고 말았다.

개방의 오의파 거지들이 기룽으로 갔다가 몰살된 지금, 누군가가 취잔주가를 부르고 있다는 말은?

객잔이 마을에서 온 망자들로 포위되었다는 뜻이다.

그게 아니면 처음부터 객잔이 망자 소굴이었던지…….

구자개가 이를 딱딱 부딪치며 말했다.

"호, 호일평의 목소리요."

일행은 서로를 돌아봤다. 구자개가 확인까지 했으니 더는 의심할 것이 없었다.

즉 창천칠조 일행은 망자 소굴에 제 발로 들어온 셈이었다.

이강이 말했다.

"그새 이 객잔까지 망자가 창궐했군, 후후후."

그는 망자한테 포위된 상황이 오히려 재미있는지 실소했다.

반면 무명은 침을 꿀꺽 삼켰다.

황궁 밑의 지하 감옥에 있을 때, 단 한 명의 망자를 두고도 사대악인과 무명은 쩔쩔맸다.

여유가 있던 건 이강 하나뿐이었다. 핏물이 묻자 되살아나서 달려드는 시체. 강호에서 악명 높은 당랑귀녀와 인육숙수도 그 모습에 경악을 금치 못했다.

그런데 지금 객잔이 망자에게 포위되었다니?

무명은 객잔에 있을 망자의 수가 얼마나 될지 짐작조차 할 수 없었다.

'원래 객잔에서 일하는 자들만이라면 십여 명에 불과할 것이다. 하지만…….'

만약 개방 오의파 거지들이 객잔에 들이닥쳤다면?

구자개를 제외하고도 칠십일 명.

만약 개방 거지들과 마을 사람들이 모두 객잔에 왔다면?

칠십일 명 더하기 수백 명.

그렇다면 망자 수백 명을 뚫고 살아서 객잔을 나갈 수 있는 가능성은?

스스로 물어봤지만, 무명은 그 질문에 대답할 수 없었다.

그러나 창천칠조는 망자들에게 포위된 사실이 대수롭지 않은 것 같았다.

장청이 말했다.

"아무래도 망자라는 놈들한테 포위된 것 같군. 미안. 내 실수다."

내용과는 달리 장청의 말투에는 여유로움이 배어 있었다.

악척산이 씨익 웃으며 말했다.

"아니다. 차라리 잘됐어. 마을까지 가는 수고를 덜었군."

당호가 끼어들었다.

"실수는 실수죠. 망자든 강호의 무명소졸이든, 비좁은 객잔에서 포위된 건 병법에서 불리함을 안고 싸우는 셈이니까요."

"병법? 백면서생 같은 소리 집어치워라. 나는 망자가 어떤 놈들인지 구경 좀 해야겠다."

악척산이 말릴 새도 없이 문을 열고 복도로 나갔다.

당호가 장청에게 어깨를 으쓱해 보이며 고개를 저었다.

장청이 명령했다.

"객잔에서 망자를 싹 정리한다. 이미 죽은 시체라고 하니, 손속에 정을 둘 것 없다."

무명은 그 말에 어이가 없었다. 당신들이 언제부터 남의 사정을 생각했다고? 흑도 방파 백팔룡을 상대하면서 인정사정없었던 창천칠조가 아니었던가.

일행은 악척산을 따라 복도로 나왔다.

복도 끝에 있는 계단 밑에서 누군가가 위로 올라오고 있었다.

터벅, 터벅, 터벅…….

그림자가 길게 늘어져서 복도에 드리웠다.

스릉.

악척산이 검을 뽑아 들었다. 그리고 산동악가 특유의 기수식(起手式)을 취했다.

곧 계단 밑에서 누군가의 머리가 불쑥 위로 올라왔다.

"히이익."

구자개가 신음성을 흘렸다.

그런데 모습을 드러낸 것은 호일평이 아니었다.

계단 위로 올라온 것은 아직 열 살도 채 안 됐을 법한 어린 여자애였다.

여자애는 두 팔에 물이 가득 담긴 대야를 안고 있었다.

"저기, 삼 층 방에 이걸 드리라고 해서……."

여자애가 겁에 질린 목소리로 말했다. 사람들이 흉흉한 눈빛으로 자신을 노려보고 있으니 당연한 일이었다. 게다가 악척산은 검까지 들고 있지 않은가.

"척산. 검을 거둬."

정영이 악척산을 말리며 앞으로 나섰다.

악척산은 김이 샜다는 표정으로 검을 검집에 넣었다.

"애, 괜찮니? 겁먹지 마렴."

정영이 여자애에게 다가가며 말했다.

"우리는 명문정파의 일원이야. 무서워할 것 없단다. 이름이 뭐니?"

"…정민소."

"나랑 같은 성이구나! 반갑다. 그런데 그건 뭐니?"

정영이 대야를 가리키며 물었다. 정영이 계속해서 따뜻하게 대하자, 여자애는 긴장이 풀렸는지 함빡 미소를 지으며 대답했다.

"아빠가 이거 손님들 드시라고 갖다드리래요!"

"훗! 그거 세숫물 같은데, 먹으란 말이니?"

여자애의 말실수에 정영이 웃음을 터뜨렸다.

그런데 여자애가 정색을 하며 고개를 좌우로 젓는 것이었다.

"아니에요. 이거 먹는 거예요."

여자애가 고집을 피우자, 정영은 대야에 든 게 혹시 물이 아닌가 싶어 고개를 내밀었다.

"아무리 봐도 세숫물 같은데……."

정영이 말을 멈췄다.

지름이 반 척가량 되는 대야에 가득 담긴 것은 검붉은 선지피였다.

"개년아! 그냥 처먹으면 되지 뭔 말이 많아!"

여자애가 정영의 얼굴을 향해 대야를 확 내던졌다.

철퍽!

멍청히 있던 정영은 선지피를 얼굴에 통째로 뒤집어썼다.

여자애가 검지로 정영을 가리키며 웃음을 터뜨렸다.

"꼴좋다, 썅년아! 어때? 맛있지? 깔깔깔깔!"

"……."

정영은 넋을 잃고 멍하니 여자애를 쳐다봤다. 그녀뿐 아니라 다른 일행도 얼이 빠진 건 마찬가지였다.

"사람이 오고 가는 게 있어야지! 네년 피도 맛 좀 보여줘!"

여자애가 미친 듯이 발을 놀려서 정영에게 달려들었다.

탁탁탁탁!

여자애가 턱이 빠져라 입을 활짝 벌렸다. 쩌억! 턱주가리 속에 날카로운 송곳 같은 이빨이 삐죽삐죽 돋아나 있었다.

커어어엉!

짐승이 울부짖었다. 여자애가 정영의 목덜미를 물어뜯었다.

그때였다.

정영의 등 뒤에서 한줄기 검광이 번개처럼 여자애를 향해 날아들었다.

스스스슥!

모두가 넋을 잃고 있을 때, 정영을 구하기 위해 몸을 날린 자는 장청이었다.

"정영! 몸을 숙여!"

여자애의 송곳니가 목줄기에 박히려는 찰나, 정영은 무의식적으로 몸을 낮추며 바닥에 주저앉았다.

딱! 목표를 잃은 이빨들이 허공에서 부딪쳤다.

순간 장청이 검으로 여자애의 목을 날려 버렸다. 촤아악!

휘익. 참외보다는 크고 수박보다는 작은 목이 복도 멀리 날아가서 벽에 부딪쳤다. 퍽. 그리고 바닥에 떨어져서 이리저리 몇 번을 굴러갔다. 데구르르르.

복도는 죽음보다 더한 침묵에 빠졌다.

피를 뒤집어쓴 정영도, 아슬아슬하게 그녀를 구해낸 장청도, 그 모습을 지켜본 다른 일행도 모두 할 말을 잃고 침음했다.

아니, 머릿속이 텅 비어버렸다.

지금 같은 광경을 보고 무슨 말을 꺼낼 수 있다면 사람이 아니리라.

갑자기 큰 소리가 복도에 울려 퍼졌다. 콰당! 목을 베여서 주인을 잃은 여자애의 몸뚱이가 뒤로 넘어진 것이었다.

그제야 일행은 깜짝 놀라며 정신을 차렸다. 그리고 굳은 얼굴로 서로를 돌아봤다.

장청이 주저앉은 정영을 부축해서 일으켰다.

"괜찮아?"

"으응……."

일어서는 정영의 두 발이 후들후들 떨렸다. 눈앞에서 어린 여자애가 괴물로 변하고, 또 그 목이 날아가는 모습을 봤으니

적지 않은 충격을 받았던 것이다.

그러나 다른 창천칠조는 충격에서 냉정을 되찾은 것 같았다.

악척산이 자신만만한 말투로 말했다.

"후후, 망자라는 게 과연 놀랍긴 하군. 하지만 한번 망자가 어떤 건지 본 이상 무서울 것은 없다. 귀신도 마찬가지 아니냐?"

당호가 그 말에 맞장구를 쳤다.

"그렇죠. 무공에 당하지 않는 귀신이라면 모를까, 그냥 흉악한 사파 무리라고 생각한다면 별다를 것도 없겠군요."

그들은 이미 여유를 되찾은 얼굴이었다.

하지만 무명의 생각은 달랐다.

'과연 그럴까?'

스스로 강호제일악인을 자처하는 이강도 망자 얘기를 할 때만큼은 진지했다. 무명은 왠지 망자의 무서움이 이게 전부가 아니라는 생각이 들었다.

그 생각은 현실로 드러났다.

정영은 여자애의 목을 베어야만 했다는 사실이 아직 믿기지 않는 듯했다.

그녀가 쓰러진 여자애의 몸을 보며 중얼거렸다.

"정민소……."

그때 어둠 속에서 귀청을 찢는 목소리가 들렸다.

"정민소는 여기 있어, 이 개년아!"

정영은 깜짝 놀라며 고개를 들었다. 장청은 혹시 그녀가 쓰러질까 봐 옆에서 부축했다.

복도 멀리에서 바닥을 굴러다니던 여자애의 머리통이 어느새 두 눈알을 희번득거리며 정영을 노려보고 있었다.

그리고 더욱 놀라운 일이 벌어졌다.

목을 잃고 쓰러진 몸뚱이가 부르르 한번 떨더니 천천히 움직이기 시작했던 것이다.

"……."

바로 앞에 있는 정영과 장청은 침을 꿀꺽 삼킨 채 그 광경을 쳐다봤다.

몸뚱이는 옆으로 굴러서 엎드린 자세를 취하더니, 천천히 복도를 기어가기 시작했다.

자신을 기다리고 있는, 잘린 목을 향해.

"빨리 못 와? 느려 터진 자라 새끼 같은 놈!"

여자애, 아니, 망자의 목이 자신의 몸에게 욕을 내뱉었다.

악척산이 스릉 소리를 내며 검을 뽑았다.

"더 이상 못 봐주겠군. 목이건 몸이건 요절을 내면 되겠지."

그러자 망자의 몸뚱이가 뒤로 홱 방향을 틀더니, 검지를 들어서 일행을 가리켰다.

동시에 망자의 목이 흰자위만 보이게 두 눈을 뒤집으며 괴성을 토했다.

"키에에에에엑!"

갑자기 복도 아래층이 소란스러워졌다.

덜컹, 덜컹, 덜컹…….

계단 밑에서 새로운 그림자 하나가 위로 올라왔다.

이강이 툭 말을 내뱉었다.

"시작이군."

그 말에 무명은 자기도 모르게 침을 꿀꺽 삼켰다. 그렇다, 망자와의 사투는 이제 막 시작된 것이었다.

장청이 아직 충격에서 회복하지 못한 정영을 부축하며 뒤로 물러섰다.

"척산. 남궁유. 놈들을 처단해라."

"알았다. 내게 맡겨라."

"분부대로 하죠. 근데 좀 질투 나네."

턱, 턱, 턱, 턱…….

망자가 터벅거리는 걸음으로 계단을 올라왔다.

복도에 올라온 것은 봉두난발에 지저분한 차림의 거지였다.

일행은 그가 호일평이라는 것을 알 수 있었다. 거지를 본 구자개가 넋이 나간 목소리로 '호일평…'이라고 신음을 흘렸기 때문이다.

호일평의 고개가 삐걱거리며 악척산을 향해 돌아갔다.

키에에에엑!

호일평이 괴성을 지르며 악척산에게 달려들었다.

그가 두 팔을 앞으로 뻗으며 미친 듯이 달려왔다. 하지만 악척산은 기수식을 취하기는커녕 검을 든 손을 허리 아래로 내린 채 꼼짝도 하지 않았다.

호일평의 두 손이 악척산의 목을 움켜쥐려 할 때였다.

악척산이 몸을 옆으로 빙글 돌리면서 왼팔을 치켜올렸다. 그러자 호일평의 두 손은 악척산의 왼팔에 맞아 튕겨 나갔다. 이어서 악척산이 몸을 낮추며 왼발을 호일평의 가랑이 사이로 뻗었다. 그리고 힘껏 진각을 밟으며 검을 쥔 채로 오른 주먹을 내질렀다.

퍼엉!

산동악가의 응조권(鷹爪拳)을 응용한 권격이 호일평의 복부에 폭발했다.

호일평의 몸이 배를 중심으로 기슭 엄(厂) 자로 꺾이면서 뒤로 날아갔다. 부웅! 복도 끝까지 일직선으로 날아간 호일평은 그대로 벽에 처박혔다. 텅!

호일평이 바닥에 엎어지면서 쓰러졌다. 그리고 다시 일어나지 못했다.

악척산이 뒤를 돌아보며 말했다.

"흑도 놈아. 고작 이걸 갖고 그 난리를 피운 거냐? 시체는 어차피 시체다. 다시 되살아나건 말건 몇 번을 죽이면 그만이지."

그 말에 이강이 한심하다는 얼굴로 대답했다.

"네놈은 강호인이 되기보다 정치를 배웠어야 했어."

"뭐?"

"무공보다 세 치 혀 놀리는 게 뛰어나니, 관에 들어가서 나랏밥을 먹으라는 소리다. 관에서는 네놈같이 입만 산 놈들이 출세하지 않냐?"

"뭐라고!"

악척산이 분노를 터뜨릴 때였다.

그의 등 뒤에서 노랫소리가 흘러나왔다.

"일잔후문윤. 양잔파고민……."

어느새 호일평이 자리에서 일어나 칠잔주가를 부르고 있었다.

산동악가의 응조권에 정통으로 복부를 가격당한 호일평. 그는 내장이 파괴되었는지 입에서 검은 선혈을 줄줄 흘리고 있었다. 두 눈에서도 시뻘건 피눈물이 주르륵 흘러내렸다.

그러나 그의 목구멍에서는 칠잔주가가 흥겹게 흘러나오는 것이었다.

귀신의 얼굴로 흥얼거리는 목소리.

그것은 귀곡성(鬼哭聲)보다도 섬뜩했다.

"키에에에엑!"

호일평, 아니, 망자가 어둠 속에서 다시 달려왔다.

악척산이 냉소를 흘리며 검을 들었다.

"오장육부가 터져도 죽지 않는다고? 좋다. 내 아주 도륙을 내주마."

그가 호일평을 상대하기 위해 기수식을 취할 때였다.

콰당!

복도 옆에 있는 방의 문이 누가 걷어찬 것처럼 활짝 열렸다.

"뭐야?"

악척산이 깜짝 놀라 고개를 돌렸다.

한발 늦었다. 방에서 망자가 튀어나와 악척산에게 달려들었다.

방에서 튀어나온 망자가 악척산을 덮쳤다.

전혀 생각지도 못한 급습.

그러나 악척산은 명문정파의 후기지수답게 정신이 없어도 몸이 저절로 반응했다.

"키에에엑!"

망자가 코앞으로 달려드는 순간, 악척산은 왼발 무릎을 직각으로 세워서 망자의 몸통을 막았다. 동시에 검을 수평으로 그어 망자의 목을 베었다.

촤아악!

망자의 목이 떨어져서 뒤로 날아갔다. 방 안으로 들어간 망자의 목은 몇 번을 바닥을 튕기면서 데굴데굴 굴러갔다. 텅, 텅, 텅…….

몸동작을 군더더기 없이 최소한으로 움직이며 적을 상대하는 산동악가의 실전적인 검법.

악척산이 출수한 일검은 명문정파의 위명에 걸맞은 것이었다.

하지만 악척산도 예상하지 못한 게 있었다.

이미 죽은 시체는 다시 죽지 않는다는 것이었다.

목이 날아갔는데도 불구하고 망자의 몸뚱이는 기세를 멈추지 않고 덤벼들었다. 그리고 두 팔을 활짝 벌려서 악척산을 부둥켜안았다.

꽈악!

"뭐, 뭐야?"

먼저 악척산의 반응이 뜻하지 않은 상황에 깜짝 놀란 것이었다면, 지금 반응은 말 그대로 순수한 충격과 공포였다.

"제기랄! 저리 가지 못해? 이런 빌어먹을……."

악척산이 욕설을 내뱉으며 망자의 배에 두 주먹을 내질렀다.

퍼퍼퍼퍽!

산동악가의 웅조권이 순식간에 네 번 폭발했다.

그러나 망자는 꿈쩍도 하지 않았다.

권격이 터질 때마다 잠깐 움찔거릴 뿐, 망자의 두 팔은 오히려 더욱 세게 악척산을 끌어안는 것이었다.

망자가 악척산 쪽으로 상체를 바싹 갖다 댔다. 둥그렇게 잘린 목의 단면에서 무언가가 꿈틀거리며 요동을 쳤다. 곧 단면에서 뱀 대가리처럼 생긴 굵은 촉수들이 돋아났다.

십여 다발의 촉수들이 뻗어 나와 악척산의 얼굴을 칭칭 휘감았다.

쐐애애액!

"으아아악!"

악척산이 비명을 질렀다.

"누가 이것 좀 떼어줘! 빨리!"

그는 두 손을 휘저으며 촉수를 떼어내려고 했다. 하지만 촉수들은 빨판이 달린 문어발이 먹이를 낚아채듯이 악척산의 얼굴을 휘감은 채 떨어지지 않았다.

순간 한줄기 검광이 번쩍였다.

피잉!

검광이 스치고 지나가자 촉수들이 뭉텅 잘렸다.

검을 출수한 것은 남궁유였다.

남궁유는 벽을 차고 뛰어올라 공중에서 몸을 거꾸로 세웠다. 그리고 악척산을 뛰어넘으며 검을 뽑아 촉수를 벤 것이었다.

"이얍!"

남궁유가 공중에 붕 뜬 채로 기합을 넣었다. 목소리는 귀여웠지만, 그녀의 경신법은 놀라웠다. 공중에서 몸을 비튼 남궁유는 망자의 어깨에 두 발을 딛고 섰다. 턱! 동시에 두 발을 튕기며 다시 뛰어올랐다.

"저리 가!"

남궁유가 두 발로 밀자, 촉수가 잘린 망자의 몸은 비틀거리며 뒷걸음치더니 뒤로 넘어갔다.

그리고 남궁유는 공중제비를 한 바퀴 돌면서 원래 있던 자리에 착지했다.

깃털이 떨어지는 것처럼 가볍게.

탁.

그제야 방 안에서 괴성이 들렸다.

키에에엑!

촉수들이 잘리자 몸뚱이의 주인인 목이 비명을 지른 것이었다.

그 광경을 지켜본 무명은 침을 꿀꺽 삼켰다.

'그녀는 진짜다.'

어린아이처럼 콧소리를 내며 장난만 치던 남궁유. 귀하게 자라 세상 물정에 어두운 부잣집 외동딸 같던 남궁유는 무공만큼은 진짜였다. 내공 수위나 외공 숙련도는 모르지만, 검술과 경신법의 정묘함은 악척산과 비교가 되지 않았다.

철부지 십 대 소녀인 남궁유가 무림맹의 창천칠조에 선발된 것은 그만한 이유가 있었던 것이다.

망자의 품에서 벗어난 악척산이 뒤로 엉덩방아를 찧으며 넘어졌다.

"으악! 으아악!"

악척산은 볼썽사납게 비명을 질렀다. 그리고 미친 듯이 손을 휘저어서 얼굴에 붙은 촉수 가락을 털어냈다.

촉수들이 후두둑 바닥에 떨어졌다.

그런데 잘려 나간 촉수 조각들이 여전히 꿈틀대며 바닥 위를 기어 다니는 것이었다.

남궁유가 고개를 숙이고 그 모습을 구경했다.

"어머! 얘들 아직도 살아 있잖아?"

마치 기괴한 걸 보자 호기심에 눈을 못 떼는 어린아이 같았다.

그때 악척산에게 달려들던 호일평이 목표를 바꿔서 남궁유를 향해 달려들었다.

당호가 소리쳤다.

"지금 넋 놓고 있을 때가 아닙니다!"

그런데 당호의 경고가 무색하게도 남궁유는 태연히 고개를 돌려서 그를 쳐다봤다.

"응? 뭐가?"

호일평이 입을 쩍 벌리며 남궁유의 목덜미를 노렸다.

"이쪽을 보면 어떡……."

당호가 경악해서 멈칫할 때였다.

남궁유가 팔을 뻗어 검을 출수했다.

그런데 정면을 향해 찌른 검날이 허공에서 둥글게 호를 그리며 휘어졌다. 반달 모양으로 휘어진 검날은 방향을 틀어 남궁유의 등 뒤로 날아갔다.

피이잉!

남궁유의 검은 검신이 버드나무 가지처럼 부드럽게 휘어지는 연검(軟劍)이었던 것이다.

서걱!

검날이 달려드는 호일평의 입속을 관통해서 머리 뒤로 빠져나갔다.

"끄어어어……."

호일평이 벼락을 맞은 사람처럼 전신을 부르르 떨며 그 자리에 멈춰 섰다.

등 뒤를 한 번도 돌아보지 않고 호일평의 입을 꿰뚫은 남궁유.

그녀가 당호를 보며 물었다.

"뭐라고 했어?"

"…아무것도 아닙니다."

"뭐야! 남자가 싱겁게."

남궁유는 입을 삐죽 내밀더니 손목을 좌우로 흔들면서 검을 회수했다. 그러자 검날이 흔들리면서 호일평의 머리 반쪽을 날려 버렸다. 촤아악.

그러나 호일평은 쓰러지지 않았다.

"쉬이익… 스으읍……."

그의 목구멍에서 공기 빠지는 소리가 새어 나왔다. 얼굴 반쪽이 날아갔음에도 불구하고 계속 칠잔주가를 부르는 것이었다.

호일평이 계속해서 남궁유에게 걸어왔다. 동시에 방 안에서도 목을 잃은 망자가 다시 복도로 나왔다.

두 망자가 좌우 양옆에서 남궁유의 목을 조르려고 덮쳤다.

남궁유가 숨을 위로 불어서 이마를 가린 머리카락을 날리며 말했다.

"다들 왜 이렇게 호들갑이래?"

말이 끝나기가 무섭게 검광이 사방팔방으로 번쩍였다.

핑, 핑, 핑, 핑.

연검이 낭창낭창 원을 그리며 휘어졌다가 펴질 때마다 경쾌한 파공음이 났다.

마치 악기의 현을 튕기는 것처럼 듣기 좋은 소리.

그러나 망자들에게는 공포의 음악이었다.

핑 소리가 한 번 날 때마다 두 망자의 손목이 하나씩 잘려 날아갔다. 졸지에 손이 사라진 두 망자는 남궁유의 목을 조를 수 없었다.

하지만 망자들은 걸음을 멈추지 않았다. 아직 두 다리가 붙어 있지 않은가?

두 망자가 계속 다가오자, 남궁유는 몸을 한 바퀴 회전하면서 검을 그었다.

피이이잉!

두 망자의 무릎 네 곳에 붉은 줄이 생겼다.

망자들이 걸음을 내딛었다. 그러자 몸뚱이는 기세를 멈추지 못하고 앞으로 나가는데, 절단된 무릎 아래는 그대로 그 자리에 남았다.

두 다리를 잃은 망자들이 바닥에 나동그라졌다. 콰당탕.

"이제 됐지?"

…하지만 망자들은 멈추지 않았다. 두 망자가 토막 난 두 팔과 두 다리를 거북이처럼 움직이며 바닥을 기어왔던 것이다.

게다가 이 거북이들은 목이 없었다.

그 괴이하고도 어이가 없는 광경에 남궁유가 질렸다는 듯이 말했다.

"하아, 정말 질기네."

그녀의 얼굴에서 처음으로 웃음기가 사라졌다.

아무리 베고 베도 끊임없이 덤벼드는 망자들. 아니, 망자의 몸 토막들.

당호가 싸늘한 목소리로 말했다.

"꼭 동귀어진 하자는 놈들 같군요."

동귀어진(同歸於盡). 실력이 높은 상대와 싸울 때 수비는 전혀 하지 않은 채 오로지 공격만을 하는 것을 말한다.

자신의 목숨을 내던지면서 함께 죽자는 수법.

명문정파는 동귀어진의 수법을 쓰는 자들을 사파의 무리로 칭했다.

무공 수위의 고하에 따라 승패를 인정하는 게 명문정파가 내세우는 품격이다. 그런데 동귀어진은 너 죽고 나 죽자는 극단적인 수법이니, 명문정파로서는 영 마뜩찮은 것이었다.

지금 눈앞의 망자들이 그랬다.

사지가 날아가고 심지어 목이 떨어졌는데도 달려드는 망자들. 그들은 당호의 말처럼 동귀어진을 노리는 흑도 무리와 다를 게 없었다.

그러나 아무리 동귀어진을 꾀하는 흑도 무리라고 해도 한 번 목숨이 끊어지면 그것으로 끝이다.

그에 반해 망자는…….

창천칠조는 할 말을 잃고 침음했다.

나이는 많지 않으나, 숱한 강호행을 하며 산전수전을 겪은 창천칠조. 그들은 생전 처음으로 당황하고 있었다.

어느새 여자애의 목까지 기어간 몸뚱이가 두 손으로 목을 집어 들었다. 그리고 잘린 단면에 목을 갖다 댔다.

쌔애애액!

목과 단면에서 수백 다발의 촉수들이 뿜어져 나와 서로 뒤엉켰다.

이강이 냉소하며 말했다.

"똑똑히 봐라. 저게 바로 혈선충이다. 망자가 목이 떨어져도 죽지 않는 이유지."

곧 목을 다 붙인 여자애가 자리에서 일어났다.

"히히히히!"

여자애가 등을 돌린 채 어깨를 들썩거리며 웃었다. 그리고 여자애의 목이 뒤쪽을 향해 천천히 돌아갔다.

끼릭끼릭끼릭.

백팔십도, 정확히 반 바퀴를 돈 여자애의 목이 창천칠조를 보자 괴성을 질렀다.

"키에에에엑!"

이미 망자의 괴이함을 충분히 목격한 창천칠조도 지금 광경에 다시 한번 경악했다.

계단 밑에서 시커먼 그림자들이 위로 올라오기 시작했다.

쿵, 쿵, 쿵, 쿵.

당호가 중얼거렸다.

"하나둘이 아니라 몽땅 올라오는군요. 맛보기는 끝났다는 걸까요."

객잔을 나가려면 계단을 내려가는 것 외에는 길이 없었다.

하지만 창천칠조는 따로 길이 필요하지 않았다. 객잔 삼 층 높이쯤이야 경신법으로 뛰어내리면 그만이니까.

장청이 말했다.

"창문으로 나가자."

일행은 황급히 복도 맨 끝에 있는 장청의 방으로 들어갔다.

당호가 나무판자로 된 창문을 열려고 했다. 그런데 그의 표정이 이상했다.

"창문에 못을 박아놨군요."

일행은 깜짝 놀라서 당호가 가리킨 곳을 봤다. 사실이었다. 창문 귀퉁이마다 굵은 못이 깊숙이 박혀 있었다. 이래서야 창문이 열릴 리가 없었다.

"당호, 물러서라."

당호가 옆으로 피하자, 장청이 검을 뽑아 상하로 두 번 내리그었다. 창문의 경첩이 통째로 갈라졌다. 장청이 검을 다시 한번 좌우로 그었다. 사면이 벽과 떨어지자 창문이 덜렁거리며 살짝 주저앉았다.

당호가 손을 들어 창문을 떼어냈다. 그런데…….

"…대단한 놈들이군요. 못을 박은 것도 모자라 아예 철판을 대어놨다니."

그랬다. 창문을 벗겨내자 그 속에는 구릿빛 철판이 벽에 붙어 있는 것이었다.

일행은 그제야 깨달았다.

석일객잔은 단순한 망자 소굴이 아니었다. 한번 들어온 자가 절대 탈출하지 못하도록 발을 묶는 개미지옥이었던 것이다.

"비켜!"

악척산이 고함을 지르며 당호를 밀쳤다. 그리고 팔을 뻗어 손바닥으로 철판을 쳤다.

떠엉!

사찰에서 범종을 울리는 것 같은 굉음이 터졌다.

백팔룡의 황가전장에서는 일장(一掌)에 문을 통째로 날려 버렸던 악척산.

그러나 철판은 꿈쩍도 하지 않았다. 철판이 단지 창문을 가리고 있는 게 아니라, 벽 속에 단단히 틀어박혀 있었기 때문이다. 벽 전체를 무너뜨리지 않는 이상, 철판을 떼어내는 방법은 없으리라.

"제기랄……."

악척산의 얼굴이 볼썽사납게 일그러졌다.

장청이 당호에게 물었다.

"폭해산이 남아 있나?"

폭해산(爆解散)은 사천당문의 비법으로 조제한 독으로, 건물의 벽이나 바닥을 녹여서 구멍을 뚫는 데 사용했다.

"거의 다 쓰고 조금밖에 남지 않았습니다만, 낡은 객잔의 나무 벽쯤은 충분히 뚫을 수 있죠. 그런데……."

"그런데?"

"적어도 차 한 잔 마실 시간이 필요합니다."

일행은 당호가 무슨 걱정을 하는지 알아차렸다. 밖에서 망자들이 계단으로 꾸역꾸역 올라오고 있었다. 차 한 잔이 아니라 한 모금을 삼킬 시간도 부족하리라.

장청이 명령했다.

"하는 데까지 해봐야지. 일단 독을 뿌려라. 우리는 문을 막겠다."

당호가 방구석으로 가서 독을 뿌릴 준비를 했다.

다른 일행은 방에 있는 침상, 탁자, 의자들을 옮겨서 문 앞을 틀어막았다.

일행은 문에서 떨어져서 진을 치고 망자들을 기다렸다.

그러나 가구로 문을 막은 것은 미봉책도 되지 못했다.

콰직!

복도에서 망자가 휘두른 도구가 커다란 구멍을 내며 문짝을 쪼갰던 것이다.

항상 침착하던 장청도 그 모습을 보더니 욕설을 내뱉었다.

"빌어먹을……."

망자가 휘두른 도구는 다름 아닌 곡괭이였다.

일행은 할 말을 잃고 침음했다. 그러고 보니, 기룡은 광산 마을이라고 하지 않았던가.

망자들의 곡괭이가 문짝을 사정없이 난도질했다.

콰직, 콰직, 콰직…….

콰직!

문짝이 커다란 구멍이 뚫리며 쪼개졌다.

광산 마을 기룡에서 온 망자들이 곡괭이를 갖고 있었던 것이다.

계속해서 망자들은 쉬지 않고 곡괭이를 휘둘렀다. 곡괭이뿐만 아니라 큼지막한 도끼도 보였다. 낡은 문짝이 박살 나는 것은 시간문제였다.

혁낭에서 독을 꺼내던 당호가 손을 멈춘 채 말했다.

"다 틀렸군요."

창천칠조 일행은 자기도 모르게 침을 꿀꺽 삼켰다.

이제 남은 것은 정면 승부였다. 망자들을 도륙하며 정문으로 나가는 것 외에 방법이 없었다.

악척산이 억지로 목소리를 높이며 말했다.

"쳇! 흑도 방파 수백 명의 포위도 뚫은 우리 창천칠조 아니냐? 겁먹을 것 없다!"

그러나 아무도 그 말에 맞장구를 치지 않았다.

강호에서 잔뼈가 굵은 창천칠조. 하지만 그들도 죽은 시체를 상대하는 법은 배운 적도, 경험해 본 적도 없었던 것이다.

창천칠조는 검을 뽑아 들었지만, 어찌할 바를 모르고 멍하니 부서지는 문짝을 바라봤다.

그때였다.

"망자 놈들을 피하는 방법이 아주 없는 것은 아니지."

침묵을 깬 것은 이강이었다.

장청이 물었다.

"그게 무슨 뜻이오?"

"말 그대로다. 망자를 피하는 방법이 있다는 거다."

그 말을 들은 창천칠조가 서로를 돌아봤다.

악척산이 말했다.

"강호 사대악인으로 악명 높은 놈이다. 저놈의 말을 믿을 수는 없어."

당호가 그 말에 찬성 못 하겠는지 고개를 저었다.

"지금은 지푸라기라도 잡는 수밖에 없습니다. 게다가 부맹주님이 이강 저자의 명을 따르라고 하지 않았습니까?"

창천칠조 일행의 시선이 조장인 장청에게 모였다. 장청은 결정을 내렸다.

"좋소. 당신이 하라는 대로 하지. 망자를 피하는 법이 무엇이오?"

"네놈은 명문정파 놈답지 않게 허세가 없구나. 아니, 본색을 숨기고 있는 건지도 모르지, 후후후."

한시가 급한 상황에서도 이강은 농담 던지는 것을 잊지 않았다.

그러나 말이 끝나기가 무섭게 이강이 싸늘한 눈빛을 띄우며 정색을 했다.

"한 번만 말할 테니 잘 들어라. 첫째, 망자는 피 냄새를 맡는다."

"피 냄새?"

"그렇다. 산 자의 피 냄새를 맡으면 망자는 혈귀로 돌변해서 덤빈다."

"그건 왜지?"

"나도 모른다. 뭐, 배가 고픈 모양이지."

창천칠조는 굳은 얼굴로 서로를 돌아봤다. 악척산과 남궁유를 물어뜯으려고 달려들던 망자들. 배가 고파서 산 자의 피와 생살을 먹는다는 말이 농담으로 들리지 않았다.

"일단 피 냄새를 맡으면 놈들은 상어처럼 끝까지 쫓아온다."

이강이 일행을 돌아보며 물었다.

"여기 피 흘리는 놈 있냐? 있으면 버리고 갈 수밖에."

"……."

소름끼치도록 냉정한 말.

다행히 부상을 입은 자는 아무도 없었다. 악척산도 촉수가 얼굴을 휘감았지만 생채기가 난 흔적은 없는 것 같았다.

그런데 이강이 정영과 남궁유를 돌아보며 묻는 것이었다.

"네년들은?"

"뭘 묻는 거지?"

"혹시 달거리를 하는 날이라면……."

"지금은 아냐!"

"나도 아냐. 별걸 다 묻네, 진짜."

"명문정파의 여검객들한테 무례를 저질러서 송구스럽군, 후후후."

정영과 남궁유는 기분이 상했는지 고개를 돌렸다.

무명은 이강이 철두철미하지만 도가 지나치다고 생각했다. 그러나 그를 탓할 수는 없었다. 만약 다른 명문정파 사람이었다면? 여인들에게 예의를 차린답시고 주저하다가 모든 걸 망쳤을지도 모르는 일이었다.

이강이 설명을 계속했다.

“둘째, 망자는 산 자가 호흡할 때 나오는 숨결을 맡는다.”

“숨결? 그럼 숨을 참으면?”

“숨을 참고 있으면 아무리 가까이 가도 놈들은 알아차리지 못한다.”

“……!”

일행은 머릿속이 환하게 밝아지는 기분이었다. 망자를 피하는 방법이 있다는 이강의 말은 사실이었던 것이다. 그가 거짓말을 하고 있지 않는다는 가정하에서지만.

장청이 말했다.

“잘됐군. 당장 이곳을 나가자.”

“잠깐 기다려라. 망자에게 들키지 않는 조건은 하나 더 있다.”

“하나 더 있다고? 그건 뭐지?”

장청이 캐물을 때였다. 당호가 소리쳤다.

“시간이 없습니다! 곧 문이 부서진다고요!”

당호의 경고대로, 문짝은 어느새 복도 밖이 훤히 보일 만큼 너덜너덜해져 있었다.

방 안에 사람들의 모습이 보이자, 망자들은 더욱 미친 듯이 날뛰며 곡괭이와 도끼를 휘둘렀다.

키에에에엑! 콰직, 콰직, 콰직!

하지만 이강은 위기에 처할수록 더 여유로워지는 것 같았다.

"급할수록 돌아가라는 말도 모르냐? 후후후."

"……."

"셋째, 망자한테 희로애락의 감정을 보이지 마라."

"감정을 보이지 말라고? 무표정하게 있으란 말이오?"

"그래. 놈들은 희로애락을 느끼지 못한다. 반대로 얼굴 표정이 변하는 자를 보면 자신과 다르다는 것을 알아차리지."

이강이 엄지, 검지, 중지를 차례대로 접으며 말했다.

"피를 흘리지 말 것, 숨을 쉬지 말 것, 얼굴에서 감정을 지울 것. 이 세 가지만 지키면 망자는 산 자의 기척을 깨닫지 못한다."

이강이 설명을 끝냈다.

일행은 침을 꿀꺽 삼키며 서로를 돌아봤다.

문은 이제 갈기갈기 찢어져서 커다란 구멍이 나 있었다. 어른 한 명이 통과하기에 충분한 크기였다. 망자들이 당장 방에 들어오지 못하는 것은 서로 먼저 가려고 밀치고 난리였기 때문이다.

이강이 사실을 말했든 거짓말을 했든, 따르는 것 외에 방법이 없었다.

장청이 말했다.

"숨을 멈추고 객잔을 탈출한다. 얼굴에서 표정 지우는 것도 잊지 마라."

명령을 내린 그가 슬쩍 무명을 쳐다봤다.

"무명, 당신이 문제군."

창천칠조와 구자개는 강호인인 반면 무명은 무공을 모르는 서생이니, 객잔을 나가기까지 숨을 참는 게 무리라고 생각한 것이었다.

"서생 놈은 걱정 마라. 죽고 싶지 않으면 참겠지."

이강이 킬킬거리며 말했다.

"정 숨을 못 참는다 싶으면 내가 기절시킨 다음 메고 가겠다. 죽지는 않을 만큼 손속에 정을 두마, 후후후."

"말 한번 고맙소."

무명이 싸늘한 목소리로 대답했다.

이강이 이번에는 당호를 보며 말했다.

"특히 네놈은 조심해라. 그 웃는 눈 말이다."

"확실히 쉽지 않은 주문이군요."

당호는 말을 끝내자마자 두 눈을 일자로 펴며 얼굴에서 웃음기를 지웠다. 항상 미소를 짓던 그가 무표정하게 있자, 마치 딴 사람처럼 보였다.

장청이 명령했다.

"시작한다. 모두 숨을 멈춰라. 하나, 둘, 셋!"

일행은 크게 한 번 심호흡을 해서 숨을 들이마신 다음 호흡을 멈췄다.

후우우우… 흐읍!

순간, 문짝이 완전히 무너졌다.

콰당탕!

망자들이 서로 밀치며 꾸역꾸역 방으로 들어왔다.

키에에에…….

그런데 일행을 향해 달려드는 망자들의 괴성이 갑자기 잦아들었다.

망자 하나가 비틀거리며 걷다가 이강의 코앞에서 발을 멈췄다.

일행은 솜털이 바짝 섰다.

그러나 이강은 두 눈이 없어서일까? 망자의 쩍 벌린 아가리가 바로 눈앞에 있는데도 불구하고, 이강은 표정 하나 변하지 않은 채 그 자리에 서 있는 것이었다.

그리고 놀라운 일이 벌어졌다.

망자가 이강은 놔두고 그의 좌우를 두리번거리기 시작했다.

마치 이강이 보이지 않는 것처럼.

계속해서 망자는 이강은 내버려 둔 채 그의 주위를 한 바퀴 빙 돌았다. 코를 허공에 대고 킁킁거리는 모습이, 산 자의 기척을 찾으려는 것 같았다.

하지만 피 냄새도 산 자의 숨결도 맡지 못하자, 망자는 멍

한 얼굴로 고개를 갸웃거렸다. 그리고 방의 다른 쪽으로 발을 옮기는 것이었다.

일행은 동시에 마음속으로 생각했다.

'성공이다!'

이강이 말한 망자를 피하는 방법은 사실이었던 것이다.

그러나 조심해야 했다. 기뻐하는 표정이 얼굴에 드러나면 안 되니까.

다른 망자들도 마찬가지였다.

십여 명의 망자가 방 안에 들어왔지만, 그들 중 누구도 일행의 존재를 알아차리지 못했다.

그것은 생애 가장 괴이한 체험이었다.

망자들 중 몇몇은 피부가 눈처럼 창백한 점을 빼면, 보통 사람들과 구별할 수 없을 정도로 외관이 멀쩡했다.

하지만 다른 망자들은 그렇지 않았다.

이미 땅속에 묻혔어야 될 송장들이 두 발로 휘청휘청 걸어다니고 있었다.

특히 개방 거지들로 보이는 망자들의 몰골이 심했다. 얼굴살이 패여서 턱뼈를 드러낸 거지가 있는가 하면, 배가 갈라져서 내장이 줄줄 흘러내리는 거지도 있었다. 마을 사람들에게 공격받은 뒤에 망자가 되었을 테니, 당연한 일이었다.

일행은 모골이 송연했다.

가장 불편한 것은 표정 관리였다. 눈앞에서 시체가 돌아다니고 있는데 무표정을 유지하자니, 죽을 맛이었다.

비좁은 객잔 방에 창천칠조 다섯, 이강, 무명, 구자개까지 여덟 명이 있는데, 거기에 망자 십여 명이 더해지자 방이 미어터졌다.

마침 정영의 앞으로 여자애가 부릅뜬 눈을 하고 지나갔다.

여자애는 정영을 코앞에 두고도 모르는 눈치였다. 정영은 똑똑히 볼 수 있었다. 여자애의 목에 빙 둘러서 붉은 금이 나 있었다. 잘린 목을 다시 붙인 자국이었다. 정영은 참담한 심정을 참기 위해 턱을 꽉 다물었다.

장청이 눈짓으로 신호했다. 방을 나가자는 것이었다.

그는 목소리에 진기를 실어 보내는 전음도 보내지 않았다. 혹시 입을 벙긋하다가 망자에게 들킬지 몰라 신중히 하려는 것이었다.

일행은 망자들을 피해서 하나둘 복도로 나갔다. 망자들은 여전히 일행을 눈치 못 채고 방 안을 맴돌았다.

복도 역시 망자들 천지였다.

일행은 요리조리 몸을 움직여 망자를 피했다. 하지만 공간이 좁은 바람에 망자와 옷깃이 스치는 것은 물론, 어쩔 때는 어깨를 살짝 부딪치기도 했다. 그럴 때마다 입안이 바싹 타들어갔다.

다행히 망자들은 일행의 기척을 알아차리지 못했다.

살얼음판을 걷는 듯한 일 초, 일 초였다.

밥 한 끼 먹을 시간 이전만 해도 망자 얘기에 코웃음을 치던 창천칠조.

그러나 이제 아무도 망자를 비웃지 못하리라.

물론 지금은 웃을 수도 없지만.

무명은 일행 중간에 끼어서 이동했다. 이상하게도 숨을 참는 게 크게 어렵지 않았다. 사실 어렵더라도 억지로라도 참아야 했다. 숨을 내뱉는 순간 지옥도가 열릴 테니까.

계단도 망자들로 득시글거렸다.

장청이 어깨로 슬쩍 망자들을 밀치며 앞장을 섰다. 항상 냉정함을 잃지 않던 그는 시체들을 눈앞에 두고도 표정 관리하는 게 어렵지 않은 것 같았다.

계단을 내려가서 일 층에만 도착하면 탈출할 길은 열리리라.

그때였다.

"키에에에엑!"

일행의 뒤에서 망자 하나가 괴성을 울부짖었다.

일행은 무심코 뒤를 돌아봤다. 목을 다시 붙인 여자애가 괴성을 지르면서 검지로 일행을 가리키고 있었다.

순간 주위에 있는 모든 망자가 눈을 번쩍 뜨더니 일행에게 고개를 돌렸다.

크르르르!

개가 으르렁거리는 소리. 망자들이 산 자의 기척을 눈치챈 것이었다.

악척산이 소리쳤다.

"제기랄! 숨 쉰 놈이 누구야? 서생 놈, 너지?"

하지만 무명은 그때까지도 숨을 꾹 참고 있었다. 다른 자들 역시 호흡과 표정 관리를 철저히 지키고 있었다.

그렇다면 대체 망자들은 어떻게 일행의 존재를 알아차렸다는 말인가?

그러나 수수께끼를 신경 쓸 겨를은 없었다. 망자들이 전후좌우에서 일행을 포위한 채 달려들었기 때문이다.

커어어엉!

망자들이 덤비는 순간, 장청, 악척산, 정영, 남궁유 네 명이 전광석화처럼 동서남북 방위에 서서 그들을 상대했다.

여덟 개의 주먹과 여덟 개의 발. 모두 열여섯 개의 권각이 망자들을 두들겨 팼다.

퍽퍽퍽퍽…….

하지만 망자들의 기세는 조금도 줄어들지 않았다. 복도가 너무 좁아서 검을 쓸 수 없었기 때문이다.

게다가 검을 쓴다고 해도 망자를 처치한다는 보장이 없으니…….

당호의 두 눈이 얼음처럼 차갑게 빛났다.

"무사 탈출은 다 틀렸군요."

장청이 물었다.

"객잔을 탈출할 가능성이 얼마나 될 것 같냐?"

"밑에 층에 망자 수백 명이 있습니다. 탈출할 가능성? 두 명 정도가 무사히 빠져나가겠죠."

"고작 두 명?"

"네. 가장 무공이 뛰어난 자. 그리고 가장 운이 좋은 자. 두 명."

신랄한 한마디. 하지만 일행 누구도 그 말에 반박하지 못했다.

그때였다.

"아니. 탈출할 곳이 있소."

"뭐라고? 어디냐?"

"그게 어딥니까?"

서로에게 묻던 장청과 당호는 말을 꺼낸 자가 따로 있다는 사실을 깨달았다.

탈출구를 말한 자는 무명이었다.

"이쪽이오."

진퇴양난. 앞뒤가 막힌 상황.

그런데 누군가가 탈출할 곳이 있다고 말했다.

"따라오시오."

탈출구를 말하고 앞장서서 움직이는 자는 다름 아닌 무명이었다.

생각할 겨를이 없었다. 장청과 당호는 눈빛을 교환한 뒤 바로 무명을 따라 움직였다.

순간, 당호가 무언가를 깨닫고 소리쳤다.

"위로 올라가자고요? 미쳤습니까?"

무명이 발을 옮긴 곳은 사 층으로 향하는 계단이었던 것이다.

장청도 그 사실을 깨닫고 발을 멈췄다.

그때 뒤에서 이강이 말했다.

"살고 싶으면 서생 놈 말을 들어라."

항상 킬킬거리며 농담을 지껄이던 이강이 정색을 하고 말하자 무게감이 엄청났다.

장청은 잠깐 멈칫했다. 하지만 계단 밑과 복도에서 망자가 꾸역꾸역 밀려오고 있으니, 선택의 여지가 없었다.

"모두 저자 뒤를 따른다."

일행은 비좁은 계단을 뛰어 올라갔다. 악척산과 남궁유는 등을 돌린 채 계단을 올라오는 망자들을 상대하며 일행을 뒤따랐다.

선두에 선 무명과 당호가 사 층에 발을 디뎠다.

당호의 웃는 반달눈이 살짝 일그러졌다.

"아래로 내려가도 모자랄 판에 위로 올라가자고요? 하늘에서 밧줄이라도 내려준답니까?"

"……"

당호가 다그쳤지만, 무명은 아무 말이 없었다.

무명의 날카로운 시선이 복도를 훑었다.

곧 무명이 사 층 복도 중앙에 있는 방으로 달려갔다. 방문은 열려 있었다. 문을 젖히고 들어간 무명은 재빨리 고개를 들어 무언가를 확인했다. 그리고 자신의 예측이 옳았다는 듯 고개를 끄덕였다.

그러는 사이, 엉겁결에 무명을 따라온 일행이 방으로 뛰어 들어 왔다. 그들은 먼저처럼 침상과 의자를 옮겨서 문을 막았다. 그런 뒤에야 한숨을 돌렸다.

하지만 차 한 잔 마실 시간도 벌지 못할 미봉책이었다.

당호가 말했다.

“배수의 진은 이럴 때 쓰는 병법이 아니죠. 대체 무슨 생각이십니까?”

마지막으로 방에 들어온 악척산도 그제야 상황을 깨닫고 소리쳤다.

“여긴 사 층이잖아!”

“삼 층에서 올라왔으니 사 층이죠. 설마 이 층이겠습니까?”

“서생 놈 대답해! 그새를 못 참고 숨을 쉰 게 너지?”

악척산이 길길이 날뛰었지만, 무명은 조용히 고개를 저으며 대답했다.

“아니. 나는 숨 쉬지 않았소.”

“뭐야? 그럼 누구 때문에 들킨 건데?”

“지금 중요한 건 그게 아니오.”

무명이 당호를 보며 말했다.

“방금 봤소? 사 층에서 더 이상 위로 올라가는 계단이 없었소."

사실이었다. 무명과 당호가 사 층에 올라왔을 때 계단은 거기에서 끝나 있었다.

"봤습니다. 근데 그게 어떻다는 말씀입니까?"

"층간의 높이로 볼 때 이 건물은 오 층이어야 하오. 한데 사 층에서 계단이 끝났지. 왜일 것 같소?"

"…다락이군요!"

"그렇소."

장청이 물었다.

"당호, 무슨 얘기냐?"

"건물은 오 층 높이인데 계단이 사 층밖에 없으니, 위에 남은 공간이 있다는 뜻입니다. 건물과 지붕 사이에 있는 공간이라면 다락방 말고 또 있겠습니까?"

"다락방?"

"네! 다락에서 독으로 지붕을 뚫으면 됩니다. 다락이 있는 건물은 지붕을 두텁게 만들지 않으니까요. 설마 지붕을 통째로 철판으로 덮어놓지는 않았겠죠."

당호의 두 눈이 다시 둥글게 휘어져 있었다.

잠시 방 안에 침묵이 흘렀다. 일행의 시선이 하나둘 무명에게로 모였다.

사방이 망자로 틀어막힌 상황에서 사지(死地)를 선택한 무명. 그런데 그 선택이 사지가 아니라 유일한 활로(活路)였다니?

게다가 망자에게 쫓기면서 언제 그 사실을 알아냈다는 말인가?

무명을 보는 일행의 눈빛이 새삼 달라져 있었다.

하지만 무명은 그걸 아는지 모르는지 담담하기만 했다. 그가 검지를 들어 천장을 가리켰다.

"다락방의 입구요."

무명이 가리킨 곳에 다락으로 올라가는 판자문의 가장자리가 희미하게 보였다.

당호가 물었다.

"이 방에 다락방 문이 있는 건 어떻게 아셨습니까?"

"운이 좋았을 뿐이오. 이 방은 사 층 복도 한가운데에 있소. 다락이 있다면, 가운데 방에다 입구를 만들었을 거라 생각했소."

"실전에서 운이 좋은 것은 곧 실력이죠."

장청이 뛰어올라서 검을 휘둘렀다.

"하앗!"

그가 창문의 경첩을 갈랐던 것처럼 판자문의 귀퉁이를 벴다. 쉬쉭. 오 척쯤 되는 네모난 판자문이 바닥에 떨어졌다. 텅. 그러자 판자문의 위쪽에 어두컴컴한 공간이 보였다.

다락이었다.

당호가 혁낭에서 어둠 속을 밝히는 야광주를 꺼냈다.

"저 위에 망자가 없도록 기도나 해주시죠."

그가 몸을 날려 다락 위로 올라갔다.

당호가 금세 입구로 얼굴을 내밀며 말했다.

"망자도 없고, 지붕 구석도 잔뜩 낡았어요. 용독(用毒)이 가능합니다."

당호가 혁낭에서 얼굴을 통째로 가리는 두건을 꺼내 썼다. 눈가 주위만 희미한 천으로 되어서 밖을 볼 수 있게 만든 두건이었다.

"위는 비좁은데 독이 강합니다. 구멍을 뚫을 때까지 기다리십시오."

"서둘러라."

곧 다락 위에서 치이이익 하는 소리와 함께 고약한 냄새가 났다. 당호가 사천당문의 폭해산을 써서 지붕을 뚫기 시작한 것이었다.

그러나 방 밖의 망자들도 문을 부수기 시작했다.

콰직, 콰직, 콰직.

한쪽은 곡괭이와 도끼. 한쪽은 폭해산.

문이 먼저 부서지느냐, 아니면 그 전에 지붕을 뚫느냐의 싸움.

일행은 침을 꿀꺽 삼키며 조각조각 부서지고 있는 문을 지켜봤다. 기다리는 것 외에는 방법이 없었다. 시간이 더디게 갔다.

그때 무명은 문득 이상한 생각이 들었다.

삼 층 복도를 이동하고 있을 때, 그 전까지는 일행을 목각상 보듯이 하던 망자들이 갑자기 일행의 존재를 알아차렸다.

악척산은 무명이 숨을 참지 못했을 거라며 분통을 터뜨렸다. 그가 무명을 의심하는 것도 일리가 있었다. 무명은 일행 중 유일하게 무공을 익힌 강호인이 아니니까.

하지만 사실은 달랐다. 무명은 꾹 숨을 참고 있었던 것이다.

강호인이 아닌 자신이 숨을 참을 수 있었으니, 다른 일행도 숨을 멈추고 있었을 것이다.

또한 일행은 표정을 조심해야 된다는 이강의 말을 철저히 지켰다. 사실 억지로 웃으라고 해도 못 웃을 지경이었다. 망자들의 몰골이 워낙 끔찍했기 때문이다.

그러고 보니, 처음 괴성을 지른 것은 목을 다시 붙인 여자애라는 생각이 떠올랐다. 그 괴성을 신호로 해서 망자들이 일행에게 고개를 돌렸던 것이다

하지만 여자애 역시 처음에는 다른 망자들처럼 일행의 존재를 모르지 않았던가?

피를 흘린 자도, 숨을 쉰 자도, 표정을 흐트러뜨린 자도 없다.

그럼 망자들은 어떻게 산 자의 기척을 깨달았을까?

문득 머릿속을 스치는 생각이 있었다.

설마 그럴 리가?

무명은 수수께끼의 해답을 깨닫고 경악했다.

만약 그게 사실이라면…….

그때 망자들이 문을 박살 냈다.

콰장창!

키에에엑! 망자들이 꾸역꾸역 방으로 들어오기 시작했다.

"됐습니다! 옷소매로 눈가를 가리고 올라오세요!"

당호가 입구에서 얼굴을 내밀며 소리쳤다.

일행은 하나씩 다락 위로 뛰어올랐다.

"빨리!"

순서를 따질 겨를도 없었다. 게다가 강한 독성 탓에 옷소매로 눈가를 가리느라 누가 올라왔는지, 누가 남았는지 아무도 알지 못했다.

다행히 마지막 사람이 무사히 다락 위에 올라와 착지했다.

마지막으로 올라온 자는 악척산이었다.

장청이 일행을 돌아보며 말했다.

"다 올라왔나? 빠진 사람 없지?"

장청은 눈대중으로 인원수를 셌다. 그런데 한 명이 부족했다. 모두 일곱 명. 일행은 전부 여덟 명이 아니었나? 아직 올라오지 못한 자가 있다고?

그때였다.

덥석!

입구 밑에서 누군가의 두 손이 올라와 악척산의 발목을 잡아챘다.

"뭐, 뭐야……."

두 손이 엄청난 괴력으로 악척산의 발목을 끌어당겼다. 그 바람에 악척산의 두 발이 입구 가장자리를 미끄러져서 아래로 떨어졌다.

탁! 추락하던 악척산은 가까스로 입구를 두 손으로 잡고 매달렸다.

"이런 제기랄!"

악척산의 두 발목을 움켜쥔 채 공중에 매달려 있는 자는 다름 아닌 구자개였다.

구자개가 미친 듯이 광소를 터뜨렸다.

"내가 말했지 않냐? 개방인 칠십이 명이 손도 못 쓰고 당했다고! 칠십일 명이 아니란 말이다, 사천당문 병신놈아! 크하하하하!"

일행은 경악했다. 항상 웃는 눈을 하는 당호마저 얼굴이 심하게 일그러졌다.

구자개는 혈귀 같은 몰골이 아니라 멀쩡한 모습을 한 채로 사람들 틈에 숨어 있던 망자였던 것이다.

악척산이 버둥거리며 구자개를 떼어내려고 했다.

하지만 구자개가 열 개의 손톱을 악척산의 발목에 쑤셔 박았다. 열 손톱은 물고기의 입을 꿴 낚싯바늘처럼 악척산의 살 속 깊숙이 박혀서 빠지지 않았다.

악척산이 비명을 질렀다.

"아아악!"

구자개의 몸무게와 살점을 후벼 파는 손톱에 못 이겨서 악척산은 입구를 잡은 두 손을 놓고 말았다.

악척산이 떨어지는 찰나, 장청이 손을 내밀어 악척산의 손을 붙잡았다.

타악!

"놓지 마! 제발!"

악척산이 절박한 목소리로 소리쳤다.

구자개가 악척산에게 매달린 채 몸을 좌우로 흔들었다.

"크크크크! 이래도 안 떨어질 테냐? 이래도!"

그때 어둠 속에서 한줄기 검광이 밑으로 쏘아졌다.

슈웃!

검을 출수한 것은 정영이었다.

점창파를 중원 구대문파의 하나로 자리 잡게 한 사일검법(射日劍法)이 폭발했다.

바로 옆에서 정영의 출수를 본 무명은 두 눈을 의심했다. 정영의 팔이 순간적으로 늘어난 것처럼 보였기 때문이다.

그러나 실제로 팔이 늘어난 것은 아니었다. 해를 쏘아 떨어뜨렸다는 고사(古事)에서 유래된 사일검법. 검과 신체가 하나가 되어 최대한 길게 일직선으로 찌르는 사일검법의 수법이 무명의 눈에 착시를 일으킨 것이었다.

비좁은 다락방의 입구. 사물을 분간하기 힘든 어둠.

하지만 정영의 검은 악척산의 등을 지나 구자개의 두 손목을 정확히 베어서 떨어뜨렸다.

"꾸웨에엑!"

두 손을 잃은 구자개가 균형을 잃고 바닥으로 떨어졌다.

구자개의 몸무게가 사라지자, 장청이 악척산을 잡고 끌어올렸다. 악척산의 상반신이 입구 위로 올라왔다.

순간 구자개가 턱이 빠져라 입을 쩌억 벌렸다.

쐐애애액!

굵은 촉수 다발이 입에서 삐져나와 악척산의 발목을 칭칭 휘감았다. 구자개가 다시 매달리는 바람에 악척산의 상체가 다시 입구 아래로 떨어졌다.

정영이 당황한 얼굴로 장청에게 말했다.

"어떡하지?"

"……."

장청도 명령을 내리지 못했다.

촉수가 악척산의 발목에 덩굴처럼 얽혀서 검을 쓸 수가 없었던 것이다. 피부에 붙은 거머리를 떼듯이 검을 조심스럽게 써도 어려운 상황. 게다가 다락 위라서 밑에 있는 구자개의 목을 베는 것 역시 불가능했다.

당호가 차가운 목소리로 말했다.

"발을 자르시죠."

"……!"

정영이 입을 딱 벌리고 당호를 쳐다봤다.

당호가 말한 뜻은 분명했다. 촉수만 따로 잘라낼 방법이 없으니, 악척산의 발을 베라는 것이었다. 그런 다음 악척산을 끌어 올리면 최소한 목숨은 건질 수 있으리라.

하지만 정영은 검을 출수하지 못하고 주저했다.

"그럴 수는 없어……."

그 찰나의 망설임이 악척산의 목숨을 앗아갔다.

어느새 방 안에 몰려든 망자들이 악척산의 사지를 붙들고 매달렸던 것이다.

키에에에엑!

"이 개새끼들! 저리 가! 저리 가지 못해!"

악척산이 몸을 흔들며 망자를 떨구려 했다. 그러나 망자들은 떨어지기는커녕 오히려 악척산의 몸을 밧줄 삼아서 위로 올라왔다.

장청과 당호가 시선을 교환했다. 두 사람의 눈빛에 담긴 뜻은 동일했다.

더 이상 시간을 끌었다간 모두 죽는다.

장청이 고개를 숙이며 속삭였다.

"척산, 미안하다……."

"안 돼!"

정영이 소리쳤다. 그러나 장청은 이미 악척산을 잡은 손을 놓은 뒤였다.

털퍼덕! 악척산이 바닥에 떨어져서 대(大)자로 누웠다. 그 위를 십여 명이 넘는 망자들이 기다렸다는 듯이 덮쳤다.

키에에에엑!

망자들의 이빨이 악척산의 생살을 물어뜯었다. 망자들의 손이 악척산의 피부를 쥐어뜯었다.

선혈이 터지고, 내장이 삐져나왔다.

망자들이 악척산을 산 채로 씹어 먹었다.

장청이 넋을 잃은 정영을 붙들고 소리쳤다.

"여길 나가자."

"……."

"이건 명령이야!"

그제야 정영은 힘없이 고개를 끄덕인 뒤 장청을 뒤따랐다.

일행은 당호가 뚫은 구멍을 통해 지붕 위로 나왔다. 그리고 건물 옆의 나무를 사다리 삼아서 지상으로 내려갔다.

건물 옆에는 말들이 피를 흘린 채 쓰러져 있었다. 이미 망자들에게 당했던 것이다.

일행은 객잔을 뒤로하고 달렸다. 망자들의 괴성 소리가 어느새 들리지 않게 되었다.

그러나 그들은 감히 발을 멈추지 못했다.

3장.

다시 황궁으로

객잔을 탈출한 일행은 밤길을 걸어서 개봉으로 왔다.

그것은 반쪽짜리 탈출이었다.

모두 여덟 명이 개봉을 떠났지만, 돌아온 것은 여섯 명이었기 때문이다.

하나는 망자가 되었고, 하나는 망자들의 식사거리가 되었다.

소림사를 내려올 때만 해도 자신만만하던 창천칠조의 얼굴에 미소가 사라진 지 오래였다. 당호의 둥글게 휘어진 눈도 웃는 건지 찡그린 건지 분간할 수 없었다.

개봉에 돌아와 객잔에 묵었을 때는 밤이슬을 맞아 체력이 고갈된 뒤였다.

그러나 몸보다 마음의 충격이 더욱 컸다.

산동악가의 자제, 악척산.

명문정파의 후기지수임을 자부하는 그는 자존심이 강해서 가는 곳마다 사고를 일으켰다. 하지만 위험한 순간에 처해도 뒤로 물러서는 법이 없었다. 장청이 조장이라면, 악척산은 행동대장이었다.

무모하지만 물러서지 않는 악척산에게 창천칠조는 알게 모르게 의지할 때가 많았다.

남은 창천칠조 네 명에게 악척산의 빈자리는 더욱 크게 느껴졌다.

창천칠조가 침음하고 있자, 이강이 비웃으며 말했다.

"네놈들 꼬라지를 제갈성 놈에게 못 보여주는 게 아쉽군."

"……."

다른 때 같았으면 분노를 터뜨렸을 말.

하지만 창천칠조는 아무도 입을 열지 못했다. 이강의 말에 반박할 수가 없었다. 애초에 망자를 우습게 여긴 것은 자신들이 아닌가?

가장 충격적인 것은 구자개가 망자였다는 사실이었다. 망자가 강호의 사람들 틈에 숨어 있다는 얘기는 뜬소문이 아니었던 것이다.

개방 오의파 거지들 칠십이 명이 기룽으로 간 날, 구자개는 그들과 함께 혈선충에 감염되어 망자가 되었으리라.

하지만 구자개는 다른 망자들처럼 마을에 남지 않았다. 그는 개봉으로 돌아와 소림사에 서찰을 보냈고, 창천칠조 일행이 오자 흑화로 접선까지 했다. 그리고 석일객잔이란 생지옥으로 일행을 안내했다.

다시 생각해 보니 온몸에 소름이 끼쳤다.

창천칠조는 구자개의 손에 철저히 농락당한 것이 아닌가?

만약 일행이 객잔을 탈출하지 못하고 망자가 되었더라면……. 이후 무림맹이 보내는 자들 역시 망자에게 속아 넘어가 희생되었으리라.

당호가 말했다.

"구자개 한 명한테 모두 속았군요."

그런데 이강이 고개를 젓는 것이었다.

"그건 아니다. 네놈들이 멍청하다고 다른 사람까지 바보로 만들면 곤란하지."

장청이 물었다.

"무슨 소리요?"

"네놈들은 속았지만, 거지 놈의 정체를 알아차린 자가 있다는 뜻이다."

"그게 누구요?"

"누구긴. 여기 서생 놈이지."

이강이 고갯짓으로 무명을 가리켰다.

창천칠조가 차가운 눈빛으로 무명을 쏘아봤다. 장청이 죄를 묻듯이 말했다.

"무명. 당신은 구자개가 망자라는 것을 알고 있었소?"

"…그렇소."

"그럼 왜 미리 말하지 않은 것이오?"

장청의 목소리가 날카로웠다.

무명이 담담하게 설명했다.

"이강이 말한 망자 피하는 방법은 확실히 효과가 있었소. 우리는 망자 틈을 뚫고 계단까지 무사히 왔으니까."

"그런데?"

"순간 망자들이 우리 존재를 알아차렸소. 이상하지 않소? 우리를 목각상 보듯이 하던 망자들이 갑자기 산 자의 기척을 눈치챌 이유가 없지 않소?"

"그 여자애 때문 아니오? 우리를 가리키며 괴성을 질렀지."

장청이 핏물 담긴 대야를 들고 왔던 여자애를 언급했다.

무명이 고개를 저으며 반문했다.

"아니오. 여자애가 우리 존재를 눈치채고 있었다면, 방에 들어왔을 때 그냥 망자들과 함께 포위해서 공격하면 그만이었소."

"그 말은 맞는 것 같군."

무명의 말이 일리가 있는지, 장청이 고개를 끄덕였다.

당호가 끼어들었다.

“호일평은요? 기릉에서도 객잔에서도 호일평의 노랫소리가 들리면서 망자가 출몰하지 않았습니까?”

“그자도 아니오. 호일평은 노래를 부른 것 외에는 다른 망자들과 별다를 게 없었소.”

“그럼 어떻게 구자개를 의심한 겁니까?”

“구자개의 걸음이 느렸기 때문이오.”

무명이 말했다.

“개봉에서 객잔으로 이동할 때 구자개는 유난히 느리게 움직였소. 그때만 해도 그의 천성이 느긋한 줄로만 알았소. 한데 아니었소. 망자는 햇빛 아래서 움직일 수는 있지만, 동작이 굼떠지오. 이미 망자가 된 구자개는 대낮에 빨리 걸을 수가 없었던 것이오.”

“……!”

“석일객잔의 점소이 역시 똑같았소. 손님이 왔는데 오지랖을 떨기는커녕 일을 하는 둥 마는 둥 느려 터졌었지.”

창천칠조가 놀란 눈으로 서로를 돌아봤다.

무명의 말은 마치 깨진 거울 조각을 맞추듯이 모든 게 들어맞았던 것이다.

“망자가 아닌 척 연기를 하던 구자개는 우리가 계단을 내려가려 하자 본색을 드러냈소. 구자개 말고는 다른 망자들에게 산 자의 기척을 알릴 수 있는 자는 없었소.”

무명이 창천칠조를 향해 고개를 숙였다.

"구자개가 망자라는 사실을 깨달은 것은 막 다락에 올라갔을 때였소. 내가 한발 늦었소. 악척산이 희생된 것은 정말 유감이오."

"……."

창천칠조는 입을 다물고 침음했다.

사정을 듣자 무명을 질책할 수는 없었다. 오히려 자기 잘못이 아님에도 무명은 창천칠조에게 사과를 하며 사자(死者)에 대한 예의를 지키고 있었다.

어쨌든 그들은 무명을 새삼 다시 봤다. 이자는 절대 평범한 서생이 아니다.

장청이 대화를 정리하며 말했다.

"일단 구자개와 망자들을 막는 게 급하다. 맹주님에게 전서구로 연락해서 대책을 마련하자."

당호가 말을 받았다.

"무슨 수를 써서라도 놈들이 개봉에 발을 들이지 못하게 해야 됩니다."

그러자 이강이 킬킬거리며 중얼거렸다.

"잘들 해봐라. 망자가 한 놈이라도 왔다간 개봉은 당장 망자 판이 될 테니까."

"……."

"구자개 놈 연기 한번 잘하더군. 망자 놈들은 다들 연기 귀신인가? 후후후."

창천칠조는 침을 꿀꺽 삼켰다.

개봉에 망자가 들어온다고? 구자개 같은 망자가 숨어든다면, 누가 알아차릴 수 있을까? 또한 대도시인 개봉이 망자 소굴로 변하는 데는 시간이 얼마나 걸릴 것인가?

한 달? 보름? 열흘? 그도 아니면…….

상상만 해도 모골이 송연해졌다.

당호가 침묵을 깨고 말했다.

"망자를 죽이는 방법은 없단 말입니까? 불로장생하는 것도 아니고, 기가 막히는군요."

이강이 어깨를 으쓱하며 대답했다.

"방법이 있기는 하지."

"뭐라고요? 그게 뭡니까?"

창천칠조의 시선이 일제히 이강에게 모였다.

"망자 몸속에 혈선충이 있다는 건 잘 알았겠지? 그 혈선충의 심맥을 베면 망자도 죽는다."

"혈선충의 심맥? 그게 어디죠?"

"목뼈의 가장 윗부분, 뇌와 척수가 연결되는 지점이다. 그곳을 정확히 베거나 찌르면 망자도 쓰러지지."

뜻밖의 말에, 창천칠조는 서로를 한번 돌아봤다. 장청이 물었다.

"그걸 왜 지금 말하는 것이오?"

악척산이 희생된 지금은 너무 늦지 않았냐는 비난.

그러나 이강은 태연하게 대답했다.

"네놈들이 언제 물어는 봤냐? 목을 베거나 시독으로 처리하면 된다면서? 고명하신 창천칠조 명숙들께서 사대악인의 헛소리를 듣고 코웃음이나 치지 않았다면 다행이지."

"……."

창천칠조는 다시 한번 입을 다물 수밖에 없었다.

이강의 신랄한 한마디가 사실이었기 때문이다. 망자를 직접 보지 못한 이상, 그들은 이강의 말을 들은 척도 하지 않았으리라.

이강이 무언가 생각났는지 말을 이었다.

"아, 한 가지 더. 망자는 닭의 피를 마시면 죽는다."

"닭 피요?"

당호가 뜬금이 없는지 되물었다. 다른 창천칠조도 같은 표정이었다.

"그래. 닭은 영물이다. 닭의 울음소리는 귀신을 쫓고……. 어쨌든 귀신들은 닭을 싫어한다. 부적도 닭 피로 쓰지 않냐?"

장청이 쓴웃음을 지으며 말했다.

"닭 피가 망자들의 약점이라고? 어이가 없군. 당호, 당문에서도 닭 피를 다루냐?"

"설마요. 귀신 굿 하는 사이비 도사 놈들이나 쓰는 겁니다."

정영이 휴 하고 한숨을 쉬며 말했다.

"신기하군. 망자가 닭 피에 치명적일 줄이야."

남궁유도 그녀답게 배시시 웃으며 한마디 했다.

“닭 피? 목을 베도 죽지 않는데 고작 닭 피에 약하다고? 아하하, 못 믿겠는데?”

이강이 킬킬거리며 얘기를 마무리했다.

“뭐, 닭 피를 마시면 혈선충이 말라죽는다고 들었다. 그렇게들 알아라.”

“시간이 생기면 닭 피를 몇 동이 준비해서 수레에 싣고 다녀야겠군요.”

“강호에 닭이 씨가 마르겠군, 후후후.”

잠깐 활기를 띠던 대화는 금세 멈췄다. 언제 망자가 개봉에 숨어들지 모르는 상황. 마음 편히 웃을 수 있는 자는 그야말로 냉혈한이리라.

물론 이강은 무슨 생각을 하는지 얼굴에서 미소를 지우지 않았지만.

창천칠조가 구석으로 가서 자기들끼리 앞날을 의논했다.

무명이 그때를 틈타 이강에게 전음을 보냈다.

[어떻게 된 것이오?]

[구자개 말이냐?]

[그렇소. 구자개의 생각은 읽지 못했소? 아니면 읽고도 모른 체했던 것이오?]

[못 읽었다.]

[뭐요? 왜?]

[망자들은 혈선충에게 뇌를 빼앗겨서 생각이 없다. 생각이 없으니 읽을 수도 없지.]

[구자개는 자기 스스로 생각하고 행동하는 것 같던데?]

[나도 의문이다. 구자개 같은 놈들은 평소는 보통 사람과 똑같은데, 어떤 때는 먹통이 됐는지 생각이 전혀 들리지 않으니 말이다.]

[당신 능력이란 것도 망자를 상대할 때는 대단치 않은 것이었군.]

무명이 냉소하며 말했다. 그런데 이강의 대답이 뜻밖이었다.

[그건 네놈이 해야 할 일이지.]

[내가? 무엇을 말이오?]

[망자가 어떤 종류가 있는지, 또 어떻게 진화하고 있는지 알아낼 방법은 하나다. 네놈이 맡은 임무, 망자비서를 찾으면 그 안에 기록되어 있지 않을까?]

[……!]

이강의 말이 옳았다. 흑랑비서의 후편 격인 망자비서. 망자비서를 찾아낸다면 망자의 종류나 특징 등을 알 수 있으리라.

그리고 망자를 멸절하는 방법도.

[무림맹이 어디서 굴러먹다 온지 알 수 없는 서생 놈한테 떡하니 무림패를 준 것도 그래서다. 네놈이 황궁에 환관을 가장해서 잠행하고 있으니, 쓸모가 있던 거지. 망자비서를 찾을

절호의 기회가 아니냐?]

[…그쯤은 말 안 해도 알 수 있소.]

무명은 이강의 말을 일축했다. 하지만 마음속으로 짐작하고 있는 것과 남에게 직접 말로 듣는 것은 무게감이 달랐다.

이강이 무슨 생각을 하는지 킬킬거렸다.

[무림맹 꼬라지 한번 우습게 됐군.]

[또 뭘 비웃으려는 거요?]

[과거 무림맹의 위세가 그럭저럭 괜찮았을 때는 지금 같지 않았다. 그때 잠행하던 놈들은 죄다 애송이였지만, 적어도 조장은 뛰어났지.]

[원래 세상일은 과거 시절이 좋아 보이게 마련이오.]

[후후후, 그러냐? 어쨌든 심계 꾸미는 데 귀신이던 조장 놈은 금분세수하더니 운남으로 떠났다. 기관진식 풀 도둑놈은 망자가 돼서 죽었지. 둔갑술 부리던 도사 놈은 우화등선한답시며 첩첩산중으로 들어갔다. 다른 놈들도 낙향했고, 소림 땡초 놈도 죽었지.]

[무슨 얘기인지 모르겠군.]

[몰라도 돼. 그런데 과거 화려했던 잠행조를 다시 구하지 못해서 무림맹이 새로 들인 세작이 고작 자기 이름도 모르는 서생이라니, 이 어찌 우습지 않겠냐? 크하하하!]

이강은 꼭 마지막에 남을 비웃으며 말을 끝냈다. 무명은 그의 심사가 얼마나 뒤틀렸는지 짐작도 안 됐다.

창천칠조가 얘기를 마치고 몸을 돌렸다.

무명이 먼저 말을 꺼냈다.

"나는 황궁으로 돌아가겠소. 이미 자리를 너무 오래 비워놨소."

창천칠조가 서로를 돌아봤다. 무명이 환관이라는 사실이 기억난 것이었다. 정영은 환관을 떠올려서인지 눈썹을 찡그렸다.

장청이 말했다.

"알았소. 맹주님께 그렇게 연락드리겠소."

그가 잠깐 생각하더니 무명의 말을 수락했다. 제갈성이 이강과 무명의 일을 도우라고 명령했기 때문이다.

물론 무명은 황궁 잠행의 이유가 망자비서를 찾기 위함이라는 것은 말하지 않았다.

이강이 말했다.

"나는 애송이들이랑 강호행인데, 네놈은 황궁에서 호의호식한다고? 부럽구나."

"그럼 바꾸시오. 내가 저들과 함께할 테니, 당신이 환관을 하든지."

"고자 노릇은 사양하마, 후후후."

장청이 말했다.

"황궁을 나와 동쪽으로 한 시진 가면 관제묘가 있소."

관제묘(關帝廟). 삼국시대 촉나라의 명장인 관우의 위패를 모신 사당.

일행은 한 달 후에 그곳에서 만나기로 약조를 한 뒤 헤어졌다.

이강과 창천칠조는 개봉에서 대기.

무명은 다시 황궁으로.

무명은 이강, 창천칠조와 헤어진 뒤 개봉의 관아로 가서 말을 빌렸다.

말을 빌리는 것은 수월했다. 지방 경비를 통과할 수 있는 황궁의 증서가 있었기 때문이다. 무명이 증서를 내보이자, 관리들은 허리를 숙이며 귀빈 대접을 했다.

무명은 말을 타고 북경으로 향했다.

북경에 도착한 것은 이틀 하고 반나절이 꼬박 지나서였다.

중간에 황가전장이 있는 태안은 들르지 않았다.

창천칠조에게 붙잡히듯 해서 급히 떠나느라 객잔에 환관복장을 놓고 왔다. 하지만 입궁할 날짜도 놓쳤을뿐더러, 백팔룡의 본거지인 태안에 다시 들르는 것은 꺼림칙했다.

무명은 그냥 청의 차림으로 입궁했다. 목패와 출입증을 보자, 금위군도 수상한 시선 없이 통과시켜 주었다.

숙소에 돌아와서 막 새 관복을 갈아입었을 때였다.

어디서 소식을 들었는지 왕직이 찾아왔다.

무명이 물었다.

"내가 입궁한 것은 어떻게 알았나?"

"그, 그게 장 공공이 언제 오시는지 궁금해서 매일 여기저기 묻고 다녔습죠. 헤헤헤."

왕직이 말을 얼버무리는 폼이 어딘가 수상했다. 게다가 그는 눈동자를 굴려서 은근슬쩍 무명의 위아래를 훑어보는 것이었다.

"그래, 용건이 뭔가?"

무명은 그가 또 은자 벌이를 위해 쓸데없는 아첨을 하리라 생각했다.

그런데 왕직이 꺼낸 말이 뜻밖이었다.

"정혜귀비께서 장 공공을 보자고 하십니다."

"귀비께서 나를?"

무명은 잠시 말을 멈추고 침음했다.

정혜귀비 왕씨는 태자를 낳은 생모였다. 황제에게는 아들이 다섯 있었는데, 그중 첫째와 막내가 몇 년 전에 죽고 둘째가 태자의 신분을 이었다.

세월이 흘러 언젠가 황제가 붕어하면, 그 뒤를 이어 태자가 새로운 황제가 된다. 그러면 자연히 정혜귀비는 천자의 어머니가 되는 것이다.

무명은 황궁 아래에 있는 지하 감옥을 탈출한 이후 왕직에게 매일같이 궁궐 사정을 얘기 들었다. 연로한 황제가 궁궐 일에 소홀한 틈을 타서, 정혜귀비와 태자가 세를 불리고 있다는 얘기도 있었다.

즉 태자의 친모인 정혜귀비는 당금 황궁의 실질적인 안주인인 셈이었다.

무명은 영문을 알 수 없었다.

'정혜귀비가 왜 일개 환관을 보자고 하는 걸까?'

만약 무명을 보자고 하는 이유가 있다면 하나일 것이다. 무명의 지금 신분, 즉 환관 장량이 정혜귀비와 어떤 연줄이 있었던 게 분명했다.

그러나 무명은 기억을 잃은 상태라 정혜귀비와의 일이 무엇 하나 떠오르지 않았다.

어쨌든 무명은 정혜귀비를 만나기로 마음먹었다. 황궁의 안주인의 명을 환관이 거역할 수는 없으니까.

"알았네. 언제 오라고 하시던가?"

"장 공공이 입궁하시면 제가 다시 말씀드리기로 되어 있습니다."

그 말에 무명은 쓴웃음을 지었다.

정혜귀비의 뜻과는 별개로, 왕직이 중간에서 다리를 놓으며 떡고물을 노리는 게 눈에 보였기 때문이다.

"수고했네. 귀비께 말씀을 전해주게."

"네, 물론입지요."

무명은 왕직에게 은자를 찔러주었다. 왕직은 입이 찢어져라 웃으며 숙소를 떠났다.

무명은 그제야 한숨을 돌릴 수 있었다.

마치 무명의 뒤를 밟는 것처럼 사사건건 끼어드는 왕직. 무명은 그의 집요함이 왠지 은자 때문만은 아닐지도 모른다고 생각했다.

문득 혁낭 속에 넣어둔 무림패가 떠올랐다.

왕직은 물론 강호인이 아니다. 하지만 만에 하나 그가 무림패를 목격한다면?

황궁 잠행은 그날로 끝장일 것이다.

무명은 무림패를 숙소에 놔두지 말고 항상 품에 지니고 있어야 된다고 생각했다. 무명이 출궁했을 때 왕직이 숙소를 뒤질지도 모르는 일이니까.

무명은 품에 넣기 위해 무림패를 혁낭에서 꺼냈다.

그때였다.

무림패를 싸놓은 천 조각이 다시 보자 구멍이 뚫려 있는 게 아닌가?

그러고 보니, 천 조각은 무엇으로 만들었는지 색깔이 희뿌옇고 불투명하며 두툼했다. 손에 닿는 촉감도 이상했다. 면도 비단도 아니었다.

무명은 무림패를 옆에 놓고 천 조각을 활짝 펼쳤다.

순간 무명의 두 눈이 휘둥그레졌다.

천 조각은 네모나지 않고 전체가 둥그런 모양이었다. 그런데 괴이하게도 다섯 개의 구멍이 나 있는 것이었다.

구멍은 맨 위의 두 개는 크고 둥그랬으며, 중앙에 있는 두

개는 작았고, 맨 밑의 하나는 옆으로 길게 찢어져 있었다.

무명은 천 조각의 정체를 알아차렸다.

그것은 인피면구(人皮面具)였다.

인피면구는 죽은 사람의 얼굴 가죽을 벗겨서 만든 가면이다. 인피면구를 얼굴 위에 덧대어 쓰면, 이목구비와 인상이 크게 달라져서 전혀 다른 사람의 얼굴로 변한다.

천 조각에 나 있는 다섯 개의 구멍은 각각 두 눈, 두 콧구멍, 입이었다.

강호에서 인피면구를 쓰는 자들은 대개 세 종류다.

첫째, 신분을 밝히지 않고 강호에 출행하려는 명문정파의 절정고수.

둘째, 제갈성이 이목구비가 드러나지 않는 은빛 망사모를 쓴 것처럼, 신비함을 유지하기 위해 누구에게도 얼굴을 보이지 않으려 하는 기인이사(奇人異士).

셋째, 정체를 숨긴 채 잠행하는 첩자나 세작.

또는 살수(殺手).

특히 셋째 경우는 정체가 탄로 날 경우 즉시 죽음과 연결되기 때문에 강호의 평범한 무명소졸로 가장할 때가 많았다.

무명은 남들이 자신을 어떻게 부르는지 떠올렸다.

평범한 일개 서생.

그렇다면 자신은 서생을 가장한 세작이라는 말인가?

환관 신분을 가장한 채 황궁을 잠행하고 있는 지금, 자신이 세작이란 것도 그다지 이상할 게 없었다.

하지만 대체 어떤 문파나 조직을 위해 일하는 세작일까?

무명은 생각나지 않는 과거 때문에 다시 한번 답답했다.

그는 인피면구를 유심히 살폈다.

눈앞의 인피면구는 다른 자에게서 얻거나 빼앗은 게 아니라 자신의 것이라는 느낌이 강하게 들었다. 크기나 형태로 짐작컨대 얼굴에 꼭 맞아 보였기 때문이다.

그걸 확인할 방법은 하나였다.

무명은 인피면구를 들고 거울 앞으로 갔다. 그리고 인피면구를 얼굴에 쓰기 시작했다.

망자가 코앞에 있어도 침착하던 그의 손이 덜덜 떨렸다.

…인피면구는 얼굴에 꼭 맞았다.

마치 원래 자기 피부인 것처럼.

어찌나 잘 맞는지, 인피면구의 테두리가 감쪽같이 사라진 듯이 보일 정도였다. 이대로 하루 종일 밖을 돌아다녀도 인피면구를 썼다는 사실을 알아차리는 사람은 아무도 없으리라.

무명은 인피면구를 쓴 채 거울을 봤다. 생면부지의 남자가 거울 속에 있었다.

과연 자신의 진짜 정체는 무엇일까?

그때 누군가가 작게 비명을 질렀다.

"앗!"

무명이 고개를 돌렸다. 비명을 지른 자는 소행자였다.

"누, 누구?"

막 숙소로 들어오던 소행자의 눈에 인피면구를 쓴 무명이 딱 걸린 것이었다.

무명은 몸을 던져 방문을 닫았다. 큰일이다. 안 그래도 곽평이 영문도 없이 갑자기 사라진 방. 그런데 하필 인피면구를 쓴 채로 소행자의 눈에 띌 줄이야…….

순간 좋은 생각이 떠올랐다.

무명은 재빨리 창문을 열고 밖으로 나갔다. 그리고 건물을 빙 돌아서 달렸다. 정문이 나오자, 소행자의 뒷모습이 보였다. 정체 모를 자를 보고 당황해서 발을 떼지 못하고 있는 것이었다.

무명은 짐짓 태연한 얼굴로 뒷짐을 진 채 천천히 걸어갔다. 인피면구는 건물을 돌아올 때 이미 얼굴에서 벗어서 품에 집어넣은 뒤였다.

"무슨 일이냐?"

"앗, 장 공공!"

소행자가 깜짝 놀란 눈으로 말했다.

"장 공공, 큰일 났습니다! 방에 괴한이 있습니다!"

"괴한?"

무명은 일부러 천천히 소행자한테 다가갔다. 그리고 숙소 안으로 들어간 다음 자신이 닫았던 방문을 활짝 열어젖혔다.

물론 방 안에는 괴한은커녕 사람 그림자 하나 없었다.

"아무도 없는데 괴한이라니?"

"하지만 방금 처음 보는 자가 분명 방 안에 있었는데……."

무명이 엄하게 말했다.

"여기는 황궁이다. 감히 어떤 자가 허락 없이 황궁에 발을 들인단 말이냐?"

"……."

소행자가 할 말을 잃고 입을 다물었다. 황궁에 허락받지 않은 괴한이 있을 리 없다. 어린 동자 환관인 소행자는 그 말을 반박할 수 없었던 것이다.

무명은 엄한 기색을 지우고 자상해 보이게 미소를 지었다.

"네가 곽평이 실종된 일로 심신이 불안한가 보구나. 헛것을 다 보게 말이다."

"…소란을 피워서 죄송합니다, 장 공공."

"이걸로 몸보신이라도 하여라."

무명이 품에서 은자를 꺼내 내밀었다. 소행자의 두 눈이 커졌다.

"제가 어찌 감히 이런 큰돈을……."

"괜찮으니 받아라."

소행자는 탁자에 들고 온 차 쟁반을 놓은 뒤 은자를 받았다. 그리고 무명이 고개를 끄덕이자 허리를 깊숙이 숙인 뒤 물러갔다. 뜻하지 않게 큰돈이 생겨서 기뻐하는 얼굴이었다.

무명은 그제야 안도의 한숨을 쉬었다.

인피면구 쓴 얼굴을 본 자가 소행자였던 게 오히려 다행이었다. 만약 눈치 빠른 왕직이었다면? 필시 무명의 말에서 이상한 점을 깨달았을 것이다.

또는 입막음을 위해 은자를 물처럼 썼어야 됐을지도.

무명은 인피면구를 꺼내 무림패를 싼 다음 품에 넣었다.

그런데 문득 스치는 생각이 있었다.

무림패를 싼 천 조각이 실은 인피면구였다. 그렇다면 혁낭 속의 다른 물건들도 범상한 물건이 아닐지도 모르지 않는가?

무명은 혁낭을 풀어서 탁자에 늘어놨다.

무림패와 인피면구를 제외하면 혁낭 속에 있던 남은 물건은 두 개였다.

낡아빠진 기다란 가죽 통.

그리고 여인의 비녀.

무명은 먼저 가죽 통의 뚜껑을 열었다. 안에는 종잇장이 둘둘 말린 채 들어 있었다.

그가 종이를 꺼내 펼쳤다. 종이는 네모반듯했으며, 한쪽 길이가 일 척 반가량 됐다.

그런데 종이 위에 있는 그림이 이상했다.

다시 보자, 그림이 아니라 어보를 찍은 것이었다.

어보(御寶)는 황실에서 쓰는 의례용 도장이다. 어보에는 황제와 황비의 덕을 찬양하기 위한 존호나 시호를 새겼다. 특히 대명의 어보는 순금으로 제작되었으며 손잡이가 용의 모습을 하는 등 화려하기로 유명했다.

종이 위에 있는 것은 바로 어보를 붉은 인주에 묻혀 찍은 자국이었다.

중원의 문자를 도장으로 새길 때는 한껏 멋을 부려 남는 여백이 없게끔 문자를 꼬불꼬불하게 만든다. 하물며 황궁의 도장이니, 종이 위의 어보 자국은 보는 이의 눈을 어지럽게 할 만큼 현란했다.

그런데 한 가지 이상한 것이 있었다.

어보의 정중앙에서 약간 왼쪽으로 치우친 곳에 푸른색 점이 찍혀 있는 것이 아닌가?

무명은 고개를 갸웃거렸다. 실수일까? 그건 아니었다. 인주가 번진 것도 아닌데, 실수로 푸른색 점을 찍을 이유가 없지 않은가.

미로처럼 복잡하게 뒤얽힌 붉은색 글씨. 그리고 그 위에 찍힌 푸른색 점.

그러나 아무리 봐도 그 이유를 알 수 없었다.

무명은 어보의 뜻을 알아내는 것은 포기하고 비녀를 집어 들었다.

비녀는 옥이나 금은(金銀)을 입혀 만든 게 아니라, 나무를 깎아 만든 싸구려였다. 게다가 손때가 묻고 끝이 닳아 있었다. 귀중품은커녕 평범한 아낙네의 비녀였다.

평범하기 짝이 없는 비녀가 왜 혁낭 속에 있던 것일까?

그런데 비녀 둘레에 꽃문양이 희미하게 양각으로 새겨져 있었다.

자세히 보자, 여섯 송이의 꽃문양은 다름 아닌 매화였다.

무명은 생각했다.

'혹시 이 비녀는 화산파와 관련이 있는 게 아닐까?'

중원의 명문정파에서 매화와 관련이 깊은 곳은 바로 화산파였다.

이십사수매화검법(二十四手梅花劍法)은 화산파의 비전 무공으로 유명했다. 이십사수매화검법을 극성으로 수련하면 검 끝에서 수없이 많은 검화(劍花)가 뿜어져 나와 적을 도륙한다고 한다. 또한 화산파의 고수는 문파의 위명을 내세우기 위해 검자루에 매화 수실을 다는 경우도 적지 않았다.

그러나 무명은 고개를 저었다.

화산파가 아무리 매화를 좋아한다고 해도, 여인의 비녀에까지 매화 문양을 새긴다는 말은 금시초문이었기 때문이다.

결국 비녀 역시 어떤 사정이 있는 물건인지 알 수 없었다.

혁낭 속에 있던 물건들은 마치 무명 자신을 보는 것 같았다. 실체는 분명 있는데, 그 정체가 무엇인지 알 수 없으니까.

어쨌든 이 물건들 또한 자신의 과거를 알려줄 실마리임은 틀림없었다.

무명은 무림패와 물건들을 잘 갈무리해서 품에 넣었다. 자나 깨나 몸에 지닐 생각이었다.

그때 왕직이 들어오며 말했다.

"장 공공, 정혜귀비께서 당장 보자십니다."

무명은 어이가 없어서 웃음을 흘렸다. 떠난 지 한 시진도 안 되어 돌아온 왕직. 아첨도 이만하면 가히 중원의 절정고수 급이리라.

무명은 귀비를 만나기 위해 왕직을 따라 숙소를 나섰다.

황궁의 내원(內院)은 황후와 비빈이 거처하는 곳으로, 직위가 높은 권신도 절대 발을 들일 수 없었다. 오직 환관과 궁녀만이 출입이 가능했다.

무명은 왕직을 따라 내원으로 들어갔다.

왕직이 말했다.

"귀비께서 곧바로 처소로 오라고 했습니다."

당금 태자는 귀비가 낳은 아들이다. 무명을 내원이 아니라 처소에서 직접 맞이하겠다고 하는 귀비. 그녀의 콧대가 하늘을 찌름을 알 수 있었다.

무명과 왕직은 정혜귀비의 처소인 영녕궁(永寧宮)에 도착했다.

그들이 도착하자 궁녀가 안에 소식을 알렸다.

곧 궁녀들이 문을 열며 말했다.

"드시지요."

무명과 왕직은 두 손을 앞에 모으고 허리를 숙인 자세로 발을 옮겼다.

안에 들어서자, 대청에 넓은 발이 쳐져 있었다. 발은 옥과

진주 구슬을 꿰어 만든 것으로, 햇빛을 반사하여 사방에 광채를 뿌렸다.

발 너머에서 귀비의 목소리가 들렸다.

"왔느냐?"

무명과 왕직은 바닥에 부복하고 머리를 조아렸다.

"소신 장량, 귀비의 명을 받고 왔습니다."

그때 촤르륵 소리를 내며 궁녀들이 발을 걷었다.

"고개를 들라."

무명은 부복한 채로 머리만 치켜들었다.

귀비가 발 너머의 대청에서 고개를 삐딱하니 세운 채 아래를 내려다보고 있었다.

귀비는 윤기가 흐르는 피부에 아름다운 얼굴의 미인이었다. 또한 화장을 진하게 하고 귀와 목, 손가락에 금은보화를 주렁주렁 매달고 있었다.

하지만 그녀의 두 눈썹은 당호의 반달눈과는 정반대로 아래를 향해 휘어져 있었다. 무엇이 불만인지 항상 찡그리는 듯한 눈썹이 미인의 인상을 크게 지우고 있었다.

귀비뿐 아니라 옆에 있는 궁녀들 역시 복장이 화려했다. 게다가 하나같이 막 방년이 지난 젊은 여인들이었다. 궁녀까지 취향에 맞게 골랐다는 뜻이었다.

무명은 귀비가 사치스럽고 성정이 오만하다는 것을 깨달았다.

그런데 귀비의 뒤에 있는 환관이 마음에 걸렸다.

음침한 얼굴로 조용히 서 있는 환관. 그러나 무명은 그가 곁눈질로 자신을 뚫어져라 노려본다는 것을 알아차렸다.

무명은 환관이 왜 자신을 노려보는지 의아했다. 혼자 독차지하던 귀비의 총애를 자칫 빼앗길까 봐 걱정해서일까.

귀비가 말했다.

"네가 곽평의 후임이라고?"

뜻밖의 말에, 무명은 대답을 머뭇거렸다. 그런데 왕직이 옆에서 눈짓으로 신호를 보내는 것이었다. 무명은 어떻게 된 사정인지 알아차리고 대답했다.

"네. 잠시 곽평의 일을 대신 맡게 되었습니다."

왕직이 귀비에게 무명이 곽평의 후임으로 왔다고 말한 게 틀림없었다. 필시 귀비와의 연줄을 만들어서 떡고물이 떨어지길 바랐던 것이리라.

왕직의 심사는 괘씸했지만, 무명은 흔쾌히 그의 뜻에 따라 대답했다. 황궁 잠행 중인 지금, 귀비의 눈 밖에 나는 일은 삼가야 했기 때문이다.

"흐음, 그렇구나."

귀비가 천천히 무명의 전신을 눈으로 훑었다.

처음에 오만하던 그녀의 눈빛이 점점 끈적끈적하게 변했다. 어느새 그녀의 눈은 촉촉하게 물기를 머금어서 요염하게 바뀌어 있었다.

마침내 귀비가 말했다.

"썩 나쁘지 않구나."

그 말에 왕직이 눈짓으로 연신 신호를 보냈다. 일이 잘 풀렸다는 뜻인 것 같았다.

"환관 몸으로 고생이 많구나. 그래, 궁에서 필요한 것은 없느냐?"

이상했다. 세상 두려울 게 없는 귀비가 처음 보는 환관을 걱정하다니?

옆에서는 왕직이 자기 일처럼 들떠서 눈빛을 보내고 있다.

무명은 딱히 할 말이 없어서 대답했다.

"소신, 황상께서 내린 은혜를 받아 부족한 것이 없습니다."

"훗, 그러냐?"

허구한 날 듣는 아첨 소리에 귀비가 피식 웃었다. 신을 내던 왕직의 얼굴에서 금세 김이 빠지는 것이 보였다.

그때 머릿속을 스치는 생각이 있었다.

무명이 재빨리 말을 이었다.

"다만……."

"무엇이냐?"

"다만 소신 평생 간직한 꿈이 하나 있으니, 황상의 서고에서 일하고 싶습니다."

"서고라고?"

귀비의 눈썹이 더욱 활처럼 휘었다.

왕직이 입을 딱 벌리며 고개를 저었다. 얼른 취소하라는 뜻이었다.

하지만 무명은 계속 밀어붙였다.

"실은 소신 과거 궁에 들어오기 전에 글공부를 하였습니다. 궁에 들어온 지금, 황상께서 보시는 서책을 청소하고 관리하는 것이 미천한 몸이나마 황상께 충심을 다하는 것이라 생각되어서……."

"아하하하! 환관 따위가 글공부를 했다고? 그것 참 우습구나, 하하하!"

귀비가 무명의 말을 자르며 카랑카랑한 목소리로 웃어젖혔다.

한참을 웃던 귀비가 표정을 바꾸며 말했다.

"수로공(壽老公)."

"네."

귀비의 뒤에 있던 환관이 대답했다. 그는 궁에서 수로공이라 불리는 것 같았다.

"저자를 서고에서 일하게 하라. 환관 주제에 뜻이 가상하니, 내 그 정도 바람쯤 못 들어주겠느냐?"

"명하신 대로 하겠습니다."

수로공이 환관 특유의 가느다랗고 음산한 목소리로 대답했다.

"다시 부를 테니 이만 물러가라."

귀비는 무명과 왕직이 머리를 조아리기도 전에 몸을 돌리고 안으로 들어가 버렸다.

수로공이란 환관이 무명에게 말했다.

“내일 오시(午時)에 문화전(文華殿)으로 가게. 학사에게는 말을 해놓겠네.”

“알겠습니다.”

귀비와의 만남은 그것으로 끝났다.

돌아가는 길에 왕직이 말했다.

“어찌 서고 일까지 말씀을 하셨습니까? 저는 귀비의 심사를 거스를까 봐 간이 콩알만 해졌지 뭡니까? 귀비의 총애를 받으셨으니, 경사로운 일입니다!”

“다 자네가 수고해 준 덕분이네.”

왕직의 아첨에 무명은 쓴웃음을 지었다.

무명이 서고에서 일하고 싶다고 한 이유는 물론 망자비서 때문이었다.

‘나무를 숨기려면 숲에 숨겨라’라는 말이 있다. 황궁 어딘가에 있다는 망자비서. 서책을 찾으려면 먼저 서고에 가보는 것은 당연했다.

정혜귀비는 어떤 영문인지는 모르나 환관 장량을 좋게 보고 있었다. 무명은 귀비의 총애에 도박을 걸었고, 그 결과 대박이 난 것이었다.

무명은 왕직에게 두둑이 은자를 찔러준 뒤 숙소로 돌아왔다.

다음 날. 무명은 황제의 서고가 있는 문화전으로 향했다.

왕직이 무명을 문화전까지 안내했다.

문화전으로 가는 길은 복잡했다. 환관과 궁녀는 고관대작이 다니는 큰길을 쓰지 못하고, 건물 뒤의 샛길로 다녀야 했기 때문이다.

건물과 화원을 몇 번씩 지나쳐서야 둘은 문화전에 도착했다.

"혹시 돌아오는 중에 길을 잃으시면 아무 궁녀나 불러서 왕직을 찾아달라고 하십시오."

"알았네. 그만 가보게."

왕직이 오지랖을 부렸지만, 무명은 이미 문화전으로 오는 길을 모두 머릿속에 집어넣은 뒤였다. 매번 왕직의 도움을 받으면서 은자를 내어줄 수는 없는 일이었다.

문화전은 황제가 사서오경 강의를 듣거나 태자가 후계 수업을 받는 곳이었다. 때문에 황궁의 많은 서책이 보관되어 있었다. 또한 내부에 본 건물인 문화전 말고도 주경전, 본인전, 집의전 등 여러 건물들이 있었다.

무명이 대문 안으로 들어서자, 한 관리가 그를 맞이했다.

그는 과거에 합격한 학사였다. 과거 합격자가 고작 서책을 관리하고 있으니, 그가 출셋길에서 영영 멀어진 한직에 있다는 것은 불 보듯 뻔했다.

"이쪽으로 오시오."

학사는 이렇다 할 통성명도 하지 않고 무명을 안내했다.

그런데 그는 문화전을 지나쳐서 뒷문으로 나가는 것이었다. 계속해서 그는 후원을 빙 돌아 조그만 문을 열고 들어갔다. 그리고 복도와 방을 몇 차례 지나갔다.

한참을 걸어서야 학사는 발을 멈췄다.

그가 무명을 데려간 곳은 커다란 서고였다.

학사가 물었다.

"글을 읽을 줄 아나?"

"네. 조금은."

그 말에 학사가 피식 웃었다. 환관 따위가 무슨 글이냐는 표정이었다.

학사가 구석에 있는 책상으로 다가가 서책 하나를 집어 들었다. 그리고 무명에게 겉장에 적힌 제목을 들이대며 말했다.

"읽어보게."

"…백씨장경집(白氏長慶集)입니다."

무명이 막힘없이 제목을 읽자 학사가 뜻밖이라는 듯 눈썹을 찡그렸다.

그가 무명에게 할 일을 말했다.

"미시(未時)까지 책상에 있는 서책들을 제자리에 꽂아두게."

"알겠습니다."

그 말을 끝으로 학사는 휑하니 몸을 돌려서 방을 나갔다.

어디선가 은은하게 향냄새가 났다. 고개를 돌리자, 책장 옆에 있는 청동 솥에서 향이 연기를 내며 타고 있었다.

무명은 본격적으로 망자비서를 찾기 전에 서고를 한번 훑어보기로 했다.

미시까지는 한 시진이 남았다. 밥을 먹어도 네 번은 먹을 시간. 정리할 서책도 삼십여 권에 불과했다. 학사가 돌아오기 전까지 시간은 충분했다.

하지만 곧 그 생각은 착각이라는 것을 깨달았다.

무명은 서책을 한 아름 안고 서고로 들어갔다. 서책을 꽂는 일을 하면서 서고를 훑어볼 생각이었다.

그런데 서책을 제자리에 꽂는 일이 생각처럼 쉽지 않았다.

서책은 겉면에 제목과 저자가 큰 글씨로 적혀 있었다. 또한 어떤 종류의 서책을 꽂는지 책장마다 표시가 되어 있었다.

하지만 문제가 있었다.

서책이 잔뜩 꽂힌 책장이 그야말로 셀 수 없이 늘어서 있었던 것이다.

또한 책장은 천장까지 닿을 만큼 높았는데, 전후좌우로 뻗어 있어서 서고 안에 길을 만들 정도였다.

수천 권, 아니, 수만 권이 넘는 서책이 빽빽하게 꽂혀 있는 서고.

한 시진이란 시간은 서고를 훑어보기는커녕 책장 하나만 보기에도 모자랄 정도였다.

망자비서를 하루아침에 찾을 거라고는 생각하지 않았다. 그러나 서고의 규모가 설마 이 정도일 줄이야…….

무명은 일단 책장 하나씩을 기억해 가며 서고를 돌기로 했다.

그런데 또 다른 문제가 그의 발목을 잡았다.

서고 안이 하나의 미로와 같았기 때문이다.

수많은 책장이 때로는 일직선으로, 때로는 길을 가로막으며 서 있는 바람에 서고를 마음대로 돌아다니기가 불가능했다. 책장 표시를 읽으며 샛길을 걷다 보면 어느새 길을 잃기 일쑤였다.

그렇게 헤매다 보면 다시 책상이 있는 곳으로 돌아와 있었다.

방금 보고 온 책장이 어디에 있는지 도무지 알 수가 없었다. 이래서야 책장을 하나씩 살핀다는 것은 말도 안 되었다.

나란히 서 있지 않고 곳곳에 길을 막고 있는 책장들.

무명은 문득 어떤 생각이 들었다.

서고 안의 책장들은 혹시 하나의 기관진식이 아닐까? 함부로 들어간 자는 밖으로 나오지 못하고 제자리를 빙빙 맴돈다는 제갈량의 팔진처럼?

충분히 가능성 있는 얘기였다.

그렇다면 망자비서는 서고의 깊숙한 곳에 숨겨져 있을 것이다. 상식적인 방법으로는 아무리 책장 속을 헤매봤자 발을 들일 수 없는 어딘가에.

무명은 막막했다. 이 복잡한 서고에서 어느 책장을 찾아야 된단 말인가? 게다가 망자비서가 반드시 서고에 있으리란 법도 없지 않은가?

실마리가 없는 기관진식. 문제가 없으니 해답도 구할 수가 없었다.

어쨌든 날짜를 정해서 책장을 하나씩 뒤지는 것 외에는 방법이 없었다.

무명은 일단 오늘 할 일을 끝내기로 했다.

그런데 서책을 꽂을 곳을 찾아 책장 모퉁이를 돌 때였다.

책장 샛길로 사람 그림자가 보였다.

'누구지?'

무명은 고개를 갸웃했다.

지금 서고에 있을 사람은 무명 자신이 유일했다. 혹시 학사가 그새 다시 돌아온 것일까?

그게 아니라면…….

무명은 발소리를 죽인 채 그림자 쪽으로 다가갔다. 그림자는 무엇을 하고 있는지 무명의 기척을 전혀 눈치채지 못하고 있었다.

무명은 책장 뒤에 몸을 숨기고 천천히 고개를 내밀었다.

순간 그의 두 눈이 크게 뜨였다.

책장에서 정신없이 서책을 뒤지고 있는 그림자는 뜻밖에도 궁녀였다.

무명은 귀비의 명으로 서고에 들어오는 게 허락된 몸이다. 무명 외에 서고에 들어올 수 있는 자는 학사, 그리고 황제뿐이리라.

그런데 일개 궁녀가 책장을 뒤지고 있는 것이다.

그러나 무명이 놀란 것은 그 때문이 아니었다.

궁녀의 얼굴이 낯이 익었다. 무명은 궁녀를 어디서 봤는지 기억해 냈다. 눈앞의 궁녀는 바로 정혜귀비를 모시던 여인들 중 한 명이었다.

그렇다면…….

무명은 생각했다. 귀비가 궁녀에게 밀명(密命)을 내린 것이 분명하다.

무명은 발소리를 죽인 채 등을 돌렸다. 어떤 사정이 있는지 모르나, 귀비의 명을 받은 궁녀와 마주치는 것은 위험하다고 생각되었기 때문이다.

그때였다.

"장 공공이 아니신지요?"

어떻게 기척을 알아차렸는지, 등 뒤에서 궁녀의 목소리가 들렸다.

4장.

황궁의 서고(書庫)

등 뒤에서 궁녀가 말을 걸어왔다.

"장 공공?"

들키고 말았다. 무명은 침을 꿀꺽 삼켰다. 어떡한다? 자신의 존재가 발각된 이상 그대로 가버리는 것은 오히려 수상한 시선을 끌 것이다.

무명이 천천히 몸을 돌렸다.

틀림없었다. 눈앞의 여인은 귀비를 모시던 궁녀들 중 한 명이었다.

"장 공공이 아니신지요?"

어제 본 무명의 얼굴을 기억하고 있는지, 궁녀는 장 공공이라 부르며 알은체를 했다. 그리고 수줍은 듯 미소를 지으며 무명에게 다가왔다.

사실 무명은 거리낄 게 없었다. 그가 서고에서 일을 시작한 것은 다름 아닌 귀비의 명이 아니었던가?

그러나 무언가 이상한 느낌이 들었다.

당금 황궁의 실질적 안주인인 귀비의 명이라면, 그녀의 궁녀가 잠시 서고에 들어오는 것쯤은 손바닥 뒤집듯 쉬우리라.

그렇다면 궁녀는 왜 정신없이 서책을 뒤지고 있던 것일까?

마치 몰래 서고에 들어온 사람처럼.

혹시 귀비의 밀명을 받았기 때문일까?

차라리 그것이라면 상관없었다. 무명 역시 남이 보기엔 귀비에게 아첨을 한 셈이니, 별다른 내색 없이 궁녀를 못 본 체하고 서고에서 나가면 그만이었다.

하지만 그게 아니라면…….

무명은 의심이 들었다.

만약 궁녀가 귀비의 명을 받은 게 아니라, 다른 목적으로 서고에 잠행하는 중이라면?

…자신을 본 자를 죽여서 입막음을 할 것이다.

무명이 생각에 잠긴 사이에도, 궁녀는 한 걸음씩 무명을 향해 걸어오고 있었다.

"서고 일을 하던 중이신가 보지요?"

"네, 그렇습니다."

무명이 살짝 목례를 하며 대답했다.

"잘되었습니다. 귀비께서도 장 공공을 칭찬하시더군요."

"……."

귀비가 자신을 칭찬했다고? 어제 처음 얼굴을 본 일개 환관을 무엇 때문에?

무명은 궁녀의 언행이 더욱 의아했다.

하지만 의심이 지나친 게 아닌가 하는 생각도 들었다. 평생 황궁에 발이 묶인 채 살아야 하는 환관과 궁녀는 서로 비슷한 처지였다. 무명이 앞으로 귀비의 총애를 받을 환관이라면, 궁녀 입장에서도 안면을 익혀서 나쁠 것은 없으리라.

어쨌든 궁녀의 얼굴에는 한 점의 살기(殺氣)도 보이지 않았다.

무명이 고개를 조아리며 인사말을 했다.

"마침 일이 끝난 참입니다. 그럼 저는 가보겠습니다."

그리고 몸을 돌려서 책상 쪽으로 걸어갔다.

그때였다.

청동 솥에서 일직선을 그리며 타오르던 연기가 뱀이 똬리를 틀 듯이 미묘하게 흔들렸다.

무명의 두 눈이 크게 뜨였다.

연기가 흔들린다는 것은 공기의 움직임이 바뀌었다는 뜻이다. 갑자기 왜?

순간 무명은 오른발을 대각선 뒤로 비스듬히 뺐다. 동시에 몸을 빙글 돌리며 한 걸음 뒤로 펄쩍 뛰었다.

그 찰나의 움직임이 무명의 목숨을 구했다.

쉭! 궁녀의 손날이 무명이 방금 서 있던 자리를 베고 지나갔다.

궁녀가 발소리도 내지 않고 접근해서 무명의 등 뒤를 기습했던 것이다.

무명이 궁녀의 초식을 피한 움직임은 황가전장에서 백팔룡 무사의 만도를 피할 때와 같은 수법이었다.

하지만 이번에는 미처 역습할 기회가 없었다. 회심의 공격이 빗나갔음에도 불구하고, 궁녀는 눈썹 한번 찡그리지 않고 두 번째 초식을 출수했던 것이다.

궁녀가 몸을 오른쪽으로 회전하며 손등으로 무명의 가슴팍을 노렸다.

그런데 무명의 몸이 기이하게 움직였다.

무명은 뒤로 물러나며 궁녀의 초식을 피하기는커녕 오히려 왼발을 앞으로 한 걸음 내디뎠다. 동시에 오른발을 뻗어 궁녀의 무릎 뒤에 바싹 갖다 댔다.

그리고 품에 들고 있는 서책으로 궁녀의 턱을 밀쳤다.

탁!

궁녀가 반사적으로 턱을 들어 서책을 피했다.

하지만 그 바람에 상체가 뒤로 젖혀졌다. 그러자 무명의 오른발이 지렛대처럼 궁녀의 두 발을 걸어 넘겼다. 궁녀의 몸이 꼼짝없이 뒤로 넘어갔다.

그런데 궁녀의 등이 바닥에 떨어지려는 찰나였다.

고오오오오.

궁녀의 신형이 공중에서 한 바퀴를 빙글 도는가 싶더니, 두 발을 바닥으로 향하며 똑바로 서는 것이 아닌가?

더욱 놀라운 장면은 그다음이었다.

궁녀가 일직선으로 몸을 뻗으며 화살처럼 무명을 향해 날아왔다.

무명은 지하 감옥에서 당랑귀녀의 경신법에 크게 감탄했었다. 당시 당랑귀녀는 허공을 발로 차면서 그 반탄력으로 몸을 띄웠었다.

반면 눈앞의 궁녀는 허공을 차기는커녕 균형을 잃고 쓰러지면서 몸을 반전시킨 것이었다.

마치 물속에서 물고기가 방향을 틀 듯이.

무명은 궁녀의 경신법이 무엇인지 알 것 같았다.

허공에서 몸을 띄운 채 움직이며 자유자재로 적을 상대하는 절정의 경신법.

'곤륜파의 운룡대팔식(雲龍大八式)!'

무명은 의아했다. 어떻게 황궁의 궁녀가 곤륜파의 무공을 출수하는 것일까?

하지만 해답을 생각할 겨를이 없었다. 궁녀의 신형이 코앞으로 날아들었기 때문이다.

쉬이익!

무명은 임기응변으로 품에 든 서책 더미를 궁녀에게 집어 던졌다. 궁녀의 시야를 막은 다음 몸을 피하려는 뜻이었다.

그러나 궁녀에게 날아간 서책들은 태풍을 만난 낙엽처럼 뿔뿔이 좌우로 흩어져 버렸다.

휘리리릭!

다시 보자, 향 연기가 그녀의 신형 주위를 회오리처럼 감싸며 돌고 있었다. 내공진기가 바람을 일으킬 정도로 엄청나다는 뜻이었다.

궁녀가 공중에서 서책 한 권을 잡더니, 거꾸로 무명을 향해 던졌다.

스스스스.

서책이 무명의 얼굴을 향해 천천히 날아왔다.

얼핏 느릿느릿 움직이는 듯한 서책.

그러나 무명은 알 수 있었다. 서책에 엄청난 내공이 실려 있는 게 분명했다. 저 서책에 맞으면 최소한 정신을 잃는다.

순간, 천천히 날아오던 서책이 갑자기 폭발하듯이 속도를 높였다.

쌔애애액!

무명이 다급히 고개를 틀었다. 슈웅. 그는 가까스로 서책을 피했다.

서책이 무명을 스쳐 지나가며 머리카락을 한 움큼 잘랐다. 사락. 그런데 머리카락을 베어낸 서책은 그대로 날아가더니 원래 있었던 책상 위에 사뿐히 내려앉는 것이었다.

탁.

두 눈으로 직접 보고도 믿지 못할 광경이었다.

무명은 궁녀의 내공 수위가 어느 정도인지 짐작할 수 없었다. 만약 이강이 이 자리에 있었다고 해도, 내공 대결만이라면 충분히 그와 상대할 수 있으리라.

궁녀가 재차 무명에게 달려들었다.

무명은 손을 뒤로 뻗었다. 책상 위에 있는 물건이 손에 잡혔다. 그게 무엇인지 생각할 틈도 없이, 무명은 궁녀의 가슴팍을 겨냥하며 손에 잡힌 물건을 찔렀다.

스윽.

달려들던 궁녀의 두 눈이 크게 뜨였다.

생각지도 못한 무명의 역습. 궁녀는 스스로 뛰어들던 기세를 멈추지 못하고 무명의 일격에 가슴팍을 명중당했다.

그러나 무명의 역습은 무위로 돌아갔다.

무명이 집어서 찌른 물건이 하필 붓이었던 것이다. 부드러운 붓 수염으로는 궁녀의 요혈을 점혈하기는커녕 생채기 하나 입힐 수 없었다.

깜짝 놀라던 궁녀의 두 눈이 금세 미소를 되찾았다.

궁녀가 점혈은 '이렇게 하는 것이다'라고 말하듯이, 검지를 뻗어 무명의 가슴을 찔렀다.

팍!

강맹한 위력에 무명은 비틀거리며 한 걸음을 물러섰다.

숨이 턱 막혔다. 가슴에 둔중한 충격이 느껴졌다.

무명은 입술을 깨물었다. 아무리 임기응변으로 재주를 부려도, 강호에서 내공 수위의 차이는 절대 넘어설 수 없다는 사실을 실감했기 때문이다.

그런데 궁녀가 두 눈썹을 찡그렸다.

순간 무명은 자신의 몸이 여전히 움직인다는 것을 깨달았다.

그는 방금 상황이 믿기지 않았다. 내공 수위가 이강만큼 대단한 궁녀가 코앞에서 점혈을 실수하다니?

무명은 궁녀가 멈칫거리는 틈을 타서 얼른 뒤로 세 발을 물러났다.

차 한 모금 삼킬 짧은 시간 동안 수차례 공방을 주고받은 남녀.

둘은 잠시 서로를 바라보며 대치했다.

궁녀가 침묵을 깨고 말했다.

"내 점혈을 막은 것이 뭐죠? 귀갑이라도 몸에 걸치고 있나요?"

실은 그녀의 검지가 무명의 혈도를 파고드는 순간, 중간에 무언가에 막혀서 제대로 점혈이 되지 않았다. 때문에 그녀는 귀갑(龜甲), 즉 거북의 등껍데기라도 가슴에 둘렀냐는 말로 화풀이를 한 것이었다.

무명이 고개를 저으며 대답했다.

"귀갑 같은 건 없소."

그리고 품속에 손을 넣어서 점혈을 막은 물건을 꺼냈다.

순간 궁녀의 표정이 대번에 바뀌었다. 무명이 꺼내 든 물건은 다름 아닌 무림패였다.

그녀가 나직한 목소리로 물었다.

"그것은 설마 무림패?"

"그렇소. 나는 무림맹의 임무를 맡고 있는 몸이오."

그 말에 궁녀는 더는 무명을 공격할 의사가 없는지 두 손을 아래로 내려뜨렸다.

무명은 그제야 안도의 한숨을 쉬었다.

'도박이 성공했군.'

그는 궁녀가 운룡대팔식을 쓰는 것을 보고 곤륜파의 후기지수라고 짐작했다. 곤륜파는 구대문파의 하나로, 무림맹에 속해 있었다. 때문에 무명은 궁녀에게 무림패를 보이면 그녀의 출수를 멈출 수 있을 거라고 생각했던 것이다.

실로 목숨을 건 도박이었다.

물론 궁녀의 점혈이 공교롭게도 무림패를 찌른 것부터가 천운(天運)이었다.

만약 그녀의 검지가 다른 혈도를 노렸더라면…….

무명은 지금쯤 두 발로 서 있을 수 없으리라.

궁녀가 다시 침착함을 되찾은 목소리로 물었다.

"무림패를 지닌 자가 황궁에서 뭘 하고 있는 거죠? 게다가 환관 신분을 하고?"

"그건 비밀이오. 그보다 이쪽에서 묻고 싶은 게 있소."

무명은 궁녀의 물음에 순순히 대답할 생각이 없었다. 궁녀가 곤륜파의 후기지수인 게 확실해진 이상, 질문을 하고 명령을 내릴 쪽은 무림패를 지닌 무명이었다.

무명이 그녀의 물음을 거꾸로 해서 돌려줬다.

"곤륜파의 제자가 황궁에서 무얼 하고 있는 것이오? 게다가 궁녀 신분을 하고?"

"흐음."

뜻밖에도 궁녀는 당황하기는커녕 입가에 미소를 짓는 것이었다.

"나도 정체를 밝히는 게 낫겠군요."

"……?"

무명은 내심 깜짝 놀랐다. 짐작이 틀린 것인가?

곤륜파의 후기지수가 궁녀를 가장한 채 황궁에 잠행 중이다. 바로 무명이 추측한 궁녀의 신분이었다. 그런데 거기서 더 밝힐 정체가 있다니?

궁녀가 품에서 무언가를 꺼내 무명에게 보였다.

망자가 코앞에 있어도 눈 한 번 깜박이지 않았던 무명. 그런 그도 이번만큼은 신음을 흘리며 침음했다.

궁녀가 꺼낸 것은 또 하나의 무림패였던 것이다.

이제 무명과 궁녀는 서로의 정체를 깨달았다. 두 명 모두 무림맹이 황궁에 잠행시킨 세작이었던 것이다. 두 남녀는 누가 먼저라 할 것 없이 희미하게 미소를 지었다.

궁녀가 무림패를 다시 품에 넣은 뒤 통성명을 했다.

"나는 곤륜파의 송연화(宋蓮花)라고 해요."

"무명이오."

자신을 송연화라고 한 여인이 두 눈썹을 찡그렸다.

"무명(無名)? 이름이 없다는 게 이름이라고요?"

"…그렇소."

무명은 자신이 기억을 잃은 상태라는 말은 굳이 꺼낼 필요가 없다고 생각했다. 그래서 그녀가 묻는 말에 간단히 대답했다.

"그렇군요. 무림패가 하나는 아니니, 강호에서 무림패를 지닌 자와 마주친다고 해도 이상할 것은 없겠죠. 하지만 설마 무림패를 갖고 황궁에 잠행 중인 자가 나 말고 또 있을 줄은 꿈에도 몰랐어요."

"나 또한 마찬가지요."

송연화는 입막음을 하려던 목표가 무림맹의 동료라는 것을 깨닫자 긴장이 풀렸는지 물끄러미 무명을 쳐다봤다.

무명도 말없이 그녀를 바라봤다.

중원에서 멀리 떨어진 청해(青海) 땅에 위치한 곤륜파(崑崙派).

곤륜파는 명문정파로 위명이 높았지만, 거리가 워낙 멀어서 중원에서는 곤륜파의 인물을 쉽게 찾아보기 힘들었다. 간혹 곤륜파의 고수가 중원에 나타났다는 소문이 돌아도 단 한 명이 강호출행을 한 것에 불과했다.

그런데 지금 강호에 나온 한 명의 곤륜파 고수가 여인이라니…….

송연화가 곤륜파에서 상당한 지위에 있다는 뜻이었다. 방금 전만 해도 이강과 비할 바 없는 내공 수위를 보여주지 않았는가.

더욱 놀라운 것은 송연화가 막 방년을 지난 젊은 나이라는 점이었다.

또한 그녀의 용모 역시 무공만큼 빼어났다.

정혜귀비의 궁녀인 그녀는 얼굴에 진하게 화장을 하고 화려한 옷을 걸치고 있었다. 그러나 진한 화장으로도 그녀의 앳된 외모는 가려지지 않았다.

무명은 무의식적으로 창천칠조의 다른 여인들과 그녀를 비교했다.

송연화는 흰 피부와 선이 또렷한 이목구비는 남궁유를 쏙 닮아 있었다. 반면 청수하고 고고한 자태는 마치 정영을 보는 것 같았다.

문득 머릿속을 스치는 생각이 있었다.

송연화.

당금 강호의 여자 고수 중에서 무공과 외모가 가장 빼어날 게 분명한 곤륜파의 후기지수.

무명은 그녀의 신분을 한눈에 알아차렸다.

"당신이 여섯 번째 창천칠조 대원이었군."

송연화의 아미가 꿈틀거리며 휘었다. 무명의 짐작이 맞다는 뜻이었다.

"다른 다섯 명은 이미 만나본 것 같군요."

"그렇소. 장청, 정영, 당호, 남궁유, 그리고… 악척산과는 소림사에서 인사를 나누었소."

무명이 말을 하다가 잠시 멈칫했다. 송연화가 놓치지 않고 물었다.

"잠깐. 악척산에게 무슨 일이 있나요?"

"……."

무명은 말을 멈추고 침음했다. 송연화에게 같은 창천칠조 대원인 악척산이 죽었다는 얘기를 제삼자인 자신이 말하는 게 영 내키지 않았다.

하지만 달리 방법이 없었다. 어차피 언젠가는 알게 될 일이니까.

"악척산은 죽었소."

"언제? 어떻게요?"

"일주일 전. 개봉 근처의 객잔에서 망자들에게 붙잡혔소."

"붙잡혔다고? 창천칠조가 그를 구하지 않았나요?"

무명이 고개를 저었다.

"소용없었소. 망자 십여 명이 엄청난 힘으로 그를 붙들었소. 우리는 악척산의 희생을 눈앞에 둔 채 객잔을 탈출하는 수밖에 없었소. 시간을 지체하면 일행 모두가 위험했을 것이오."

"그렇군요. 악척산이 죽다니, 믿을 수 없어요."

송연화는 잠시 슬픈 감상에 젖은 눈으로 침음했다.

그런데 무명은 그녀의 말에 이상한 점이 있다는 것을 깨달았다.

다른 창천칠조는 객잔에서 사투를 벌이기 전까지 망자에 대한 얘기를 코웃음 치며 무시했다. 무명과 이강이 망자의 무서움을 말해도 그들은 들은 체 만 체했다.

그러나 송연화는 악척산이 망자에게 죽었다는 말에 한 치의 의심도 품지 않고 있었다.

그 말인 즉…….

'송연화는 망자에 대해 잘 알고 있는 게 틀림없다.'

무명은 그렇게 추측했다.

그녀는 제갈성, 또는 다른 어떤 자에게 망자에 대한 정보를 들은 게 분명했다. 어쩌면 직접 망자를 목격하고 싸운 적이 있을지도 모른다.

그렇다면 송연화가 문화전의 서고에서 정신없이 책장을 뒤지고 있던 까닭도 설명이 가능했다.

무명은 생각했다.

'그녀도 망자비서를 찾고 있던 게 아닐까?'

하지만 그렇게 된다면 또 다른 의문점이 생겼다.

무림맹 맹주이자 소림 방장인 무혜는 무명에게 망자비서를 찾으라고 명령했다. 그런데 이미 송연화가 망자비서를 찾기 위해 황궁을 잠행하고 있는데, 왜 무명에게 다시 명을 내렸다는 말인가?

혹시 일이 잘못될까 봐 차선책을 두려는 생각으로?

무명은 고개를 저었다. 그건 아니었다.

만약 송연화의 점혈을 무림패가 막는 천운이 없었더라면, 그녀와 무명은 지금쯤 하나가 목숨을 잃고 쓰러졌다고 해도 이상하지 않았기 때문이다.

일부러 두 명에게 같은 임무를 맡긴다? 그리고 서로에게 그 사실을 모르게 한다?

무명의 두 눈썹이 일그러졌다.

소림 방장은 무언가를 속이고 있었다. 과연 그의 심계는 무엇일까?

게다가 창천칠조는 송연화가 끝이 아니었다. 제갈성은 창천칠조가 모두 일곱이라고 말했다.

마지막 한 명은 또 어떤 비밀 명령을 받고 강호에 잠행하고 있을까?

무명이 슬쩍 운을 띄웠다.

"감히 황궁의 서고를 잠행하다니, 강호에 전설로 회자되는 무공 비급이라도 찾고 있소?"

그러나 송연화는 넘어가지 않고 맞받아치는 것이었다.

"물론이죠. 이 비급만 있으면 중원제일의 무공을 수련할 수 있다는군요. 설마 그쪽도 저랑 같은 비급을 찾고 있는 건 아니겠죠?"

"그건 말할 수 없소."

"이해할게요. 무림맹의 밀명을 함부로 말할 수는 없겠죠."

그녀의 말속에 가시가 있었다. 피차 밀명을 받은 처지이니, 상대의 일에 상관하지 말자는 뜻이었다.

하지만 무명과 송연화 모두 망자비서를 찾고 있다면…….

둘은 결국 언젠가는 망자비서를 찾기 위해 손을 잡아야 하리라.

아니면 망자비서를 독차지하기 위해 목숨을 걸고 싸우든지.

"저는 이만 가야겠어요. 귀비께서 찾으실 시간이라."

송연화는 성큼성큼 샛길을 걷더니, 책장 모퉁이를 돌아서 어디론가 사라져 버렸다. 서고에 정문 말고 다른 출입구가 있는 게 분명했다. 아마 귀비가 가르쳐 주었으리라.

무명은 그녀의 대담한 행동에 혀를 내둘렀다. 정혜귀비를 모시는 궁녀의 신분이니, 학사나 금위군의 병사에게는 발각되어도 의심받을 일은 없을 것이다. 그렇다고 해도 젊은 여인으로서 보통 강심장이 아니었다.

그는 송연화와의 만남이 망자비서를 찾는 일에 도움이 될지, 아니면 방해가 될지 알 수 없었다.

어느새 미시가 다 되어가고 있었다.

무명은 서둘러서 서책을 정리했다. 송연화가 던진 서책에 잘려서 떨어진 한 움큼의 머리카락도 한 올 남기지 않고 청소했다.

그 바람에 망자비서를 찾을 틈은 생기지 않았다.

미시가 되자 학사가 돌아왔다.

"수고했소."

무명이 한 시진 동안 뭘 했는지 아무 관심도 없다는 말투였다. 게다가 고작 서책 삼십여 권을 정리한 것뿐인데 수고했다니? 학사가 얼마나 한직에 있는지 실감이 났다.

학사가 문화전 정문까지 앞장을 섰다.

"그럼 가보시오."

"다음에 뵙겠습니다."

무명은 목례를 하고 문화전을 떠났다.

무명이 처소에 돌아왔을 때, 마침 소행자가 점심을 가지고 왔다. 그는 소행자에게 한마디 칭찬을 한 뒤 식사를 했다.

미시가 절반이 지난 만큼 배가 고팠다.

그런데 막 밥을 떠서 크게 한 입을 삼킬 때였다.

"크윽."

가슴에 뻐근한 통증이 일었다.

무명은 거울 앞으로 가서 웃옷을 풀어 헤쳤다. 순간 그는 깜짝 놀라고 말았다.

왼쪽 겨드랑이 옆의 가슴에 검푸른 멍이 나 있는 게 아닌가?

멍 자국은 어른 손가락 세 개를 붙여놓은 크기로, 네모난 모양이었다.

무명은 쓴웃음을 지었다.

"이것이 강호 일류고수의 지력(指力)인가?"

서고에서 송연화가 검지로 무명의 가슴을 찔렀을 때, 하필 무림패가 그곳에 있어서 무명이 점혈당하는 것을 막았었다.

하지만 내공진기가 실린 그녀의 검지는 무림패를 눌러서 무명의 가슴에 시퍼런 멍 자국을 남겼던 것이다.

멍 중앙에 어렴풋이 기린 문양이 보일 만큼 강맹하게.

무명은 그제야 송연화가 손속에 사정을 두었다는 것을 깨달았다.

"목숨을 끊어서 입막음을 할 생각은 없었군."

만약 그녀가 사정을 봐주지 않고 검지에 십성(十成)의 공력을 실었더라면? 무림패로 점혈을 막기는커녕 가슴뼈가 통째로 무너졌으리라.

무명은 강호에서 자신이 얼마나 나약한 존재인지 실감했다.

황가전장에서 그는 금나수 수법으로 백팔룡의 무사를 쓰러뜨렸다. 하지만 명문정파의 후기지수인 창천칠조는 흑도의 삼류무사와는 차원이 달랐다.

제아무리 금나수 수법이 고명하다고 해도 어린애가 어른 손목을 비틀 수는 없는 법이다. 서고에서는 운 좋게 송연화와 공방을 주고받았지만, 그녀가 정말 마음을 먹는다면 무명은 불과 삼초식이 끝나기 전에 숨통이 끊어지리라.

결국 강호의 진검승부에서는 내공 수위의 차이가 승패를 가르는 것이다.

무명이 씁쓸한 심정으로 중얼거렸다.

"내공 수위의 차이라……."

문득 소림사에서의 일이 떠올랐다.

소림 방장 무혜가 건넨 찻잔을 쥐는 순간, 찻잔이 요란하게 진동을 하는 바람에 무명은 찻물을 흘리고 말았다. 무혜는 자신의 실수라고 사과했고, 무명도 별 내색을 하지 않은 채 차를 마셨다.

하지만 무명은 눈치를 채고 있었다.

"내 내공 수위가 어느 정도인지 궁금했겠지."

그는 소림 방장이 찻잔에 내공진기를 불어넣은 것을 이미 깨닫고 있었다. 그러나 찻물을 흘린 것은 일부러 한 짓이 아니었다. 무명은 정말 내공이 없었기 때문이다.

무혜와 제갈성은 흔쾌히 무명에게 중요 임무를 맡겼다. 무명이 평범한 서생이어서 무림맹에 해가 없으리라고 여겼으리라.

하지만 무명은 자신이 평범한 서생이 아님을 잘 알았다.

그렇다면 의문이 생겼다.

강호의 삼류무사라 할지라도 하다못해 허접한 내공심법 하나쯤은 알고 있다.

그럼 자신은 왜 내공을 수련한 흔적이 없는 걸까? 신법과 금나수는 몸이 기억하고 있는데?

문득 무언가 말이 안 되는 문제가 떠올랐다.

"이강과 나눈 전음들은?"

목소리에 내공진기를 실어서 멀리 떨어진 상대에게 전달하는 수법인 전음.

전음은 음공(音功)의 일종이다. 내공진기가 없다면 애초에 불가능한 기술이었다.

무명은 침상 위에 올라가서 등을 곧게 펴고 책상다리를 하며 앉았다.

그리고 눈을 감은 뒤 천천히 심호흡을 했다.

운기조식(運氣調息). 만약 자신이 내공심법을 수련한 적이 있다면, 금나수를 출수한 것처럼 몸이 기억해 내서 내력을 단전에 모으리라.

차 한 잔 마실 시간이 지났을 때였다.

무명은 단전에 한줄기 뜨거운 기운이 모이는 것을 느낄 수 있었다.

"……!"

무명은 과거 내공 수련의 경험이 있는 강호인이었던 것이다.

어찌 보면 당연한 일이었다. 내공이 전무하다면 이강과 전음으로 대화하는 것은 불가능했을 테니까.

그런데 뜻밖의 일이 벌어졌다.

단전에 고이던 뜨거운 기운이 그대로 남아 있지 않고 사라지는 것이 아닌가?

무명은 마음을 진정하고 다시 천천히 운기조식을 했다.

하지만 밥 한 끼 먹을 시간이 지나도 마찬가지였다. 잠깐 단전에 모일락 하던 내력은 금세 바닥을 드러내며 흩어져 버리는 것이었다.

어느새 무명의 전신은 식은땀으로 범벅이 되어 있었다.

"허억허억……."

그는 가쁜 숨을 몰아쉬며 책상다리를 풀었다.

그래도 성과가 없는 것은 아니었다.

무명은 깨달았다.

'나는 내공 수련을 한 강호인이다. 하지만 지금은 몸에 진기가 바닥나 있는 상태다.'

그랬다. 무명의 단전은 거대한 그릇과 같았다. 반면 운기조식을 해서 모을 수 있는 내력은 한 줌의 모래만큼도 안 되었다. 때문에 힘들게 내력을 모아도 금세 그릇 밑바닥에 깔려서 퍼져 버리는 것이었다.

사정이 그러니, 내공진기를 전신에 순환시키는 일주천을 하기는커녕 단전에 내력이 쌓이자마자 극심한 피로를 느끼고 탈진했던 것이다.

물론 내력은 구멍 난 독에서 물이 빠지듯이 전신에 흩어져 버리고 말았다.

이래서야 아무리 몸이 금나수와 신법을 기억하고 있다고

해도 허사였다. 내공(內功)이 실리지 않은 외공(外功)이 얼마나 허망한지는 송연화와의 대결에서 이미 깨닫지 않았는가.

무명은 의아했다.

몸속에 거대한 그릇이 있었다. 그럼 내용물은 어디로 사라졌다는 말인가?

대답은 하나였다.

"기억을 잃기 전에 일부러 내공을 폐했다는 얘기군."

그게 아니면 설명이 되지 않았다. 그렇다면 멀쩡한 내공은 왜 없앤 것일까?

의문이 꼬리에 꼬리를 물고 이어졌다.

안 그래도 탈진했는데 머리까지 복잡해지자 무명은 침상에 벌렁 드러누웠다.

만약 다시 누군가와 싸우게 된다면, 일초식은 내공진기를 실을 수 있으리라.

불과 단 일초식.

그나마 몸이 저절로 외공을 펼쳐낼 때만 가능한 얘기였다.

과연 송연화를 일초식으로 제압할 수 있을까?

무명은 쓴웃음을 지었다. 이강이 이 얘기를 들었다면 이렇게 말하며 코웃음 쳤으리라.

'지나가던 개가 웃을 소리군!'

잠깐 좋던 기분이 금세 가라앉았다. 일초식만 간신히 쓸 수 있는 내공. 창천칠조 정도의 고수를 상대한다면 있으나 마나 한 게 아닌가.

무명은 자신의 처지가 기가 막혀서 쿡쿡거리며 웃었다.

그런데 너무 크게 웃다 보니 가슴이 다시 뻐근해지며 숨쉬기가 곤란했다.

그는 기분이 상해서 이강처럼 욕설을 지껄였다.

"빌어먹을 년. 남의 가슴에다 무림패 도장을 찍어놓다니."

욕설을 하자 왠지 속이 후련했다. 이래서 이강이 입에서 욕을 떼지 못하나 싶었다.

그때였다. 머릿속에서 천둥 벼락이 쳤다.

"도장?"

무명은 가슴이 아픈 것도 잊은 채 침상에서 벌떡 일어났다. 그리고 책상으로 달려가 벗어놓은 관복 겉옷을 풀어 헤쳤다.

관복 품속에 지니고 다녔던 물건들. 그중에서 무명이 찾는 것은 낡아빠진 가죽 통이었다.

무명이 가죽 통의 뚜껑을 열고 종이를 펼쳤다.

어보를 붉은 인주에 묻혀 찍은 듯한 자국. 어보는 황실에서 쓰는 '도장'이다.

하지만 종이 위의 자국은 단순히 도장을 찍은 게 아니었다.

붉은 줄이 빽빽하게 가로세로로 얽혀서 마치 미로처럼 보이는 자국은 바로…….

"서고의 지도!"

무명이 신음을 흘리며 중얼거렸다.

종이에 찍혀 있는 복잡하게 뒤얽힌 붉은색 글씨들.

무명은 그것이 어보를 찍은 도장 자국인 줄로 알았다. 하지만 어보가 아니었다. 붉은 글씨는 서고의 책장 배열을 옮겨놓은 것이었다.

미로 같은 도장 자국이 아니라, 말 그대로 미로를 표시한 지도였던 것이다.

무명은 흥분을 감출 수 없었다.

수많은 책장이 괴이하게 늘어서 있는 바람에 길을 잃고 헤매기 일쑤였던 서고.

무명은 하나의 기관진식 같던 서고의 책장 배치를 머릿속으로 떠올렸다. 그리고 책장과 그 안으로 난 샛길을 붉은 선들과 비교했다.

곧 그는 결론을 내렸다.

"이것은 서고의 지도다."

이 지도만 있으면 제갈량의 팔진을 빙빙 돌 듯이 서고를 헤맬 일은 없으리라.

무엇보다 가장 큰 실마리가 있었다.

바로 붉은 선 위에 찍혀 있는 푸른색 점이었다.

정중앙에서 살짝 왼쪽에 치우친 곳에 찍힌 푸른색 점. 그것은 혹시 망자비서가 있는 위치를 표시한 것이 아닐까?

그렇다면 수수께끼가 하나 더 풀리는 셈이 된다.

즉 무명이 황궁에 잠행한 이유는 망자비서를 손에 넣기 위함이었으리라. 서고의 지도를 황가전장에 이미 맡겨두었다는 사실이 그것을 증명하고 있지 않은가.

기억을 잃기 전부터 무명은 망자비서를 노리고 있었던 것이다.

물론 그 이유는 아직 알 수 없지만.

무명은 서고 지도를 구석구석 머릿속에 집어넣었다.

지도는 항상 몸에 지니고 있을 생각이었다. 그러나 몽땅 암기해 둘 필요가 있었다. 불시에 길을 찾아야 되는 경우, 지도를 펴느라 시간을 낭비할 수는 없으니까.

황궁 서고의 지도를 구했다. 망자비서가 있는 위치도 표시되어 있다.

이제 남은 일은…….

"다시 서고에 가는 것뿐이군."

무명은 그때 반드시 망자비서를 찾으리라 마음먹었다.

서고에서 다시 일하는 날은 일주일 뒤에 있었다.

무명은 그동안 왕직을 데리고 이곳저곳을 돌아다녔다. 그리고 어깨너머로 황궁 일과 사정을 하나씩 터득했다.

어느새 무명이 갖고 있던 은자가 백 냥 가까이 줄어들었다.

그중 대부분은 왕직이 챙겨 간 것이었다. 왕직은 때로는 아첨을 하고, 때로는 은근슬쩍 저울질을 하면서 무명에게 은자를 긁어냈다. 무명은 왕직의 속셈을 뻔히 알았지만 은자를 아끼지 않고 썼다.

덕분에 무명은 황궁 사정에 밝아졌다. 이러다가 정말 환관이 되는 게 아닌가 싶었다.

어느 날 무명이 슬쩍 왕직에게 물어보았다.

"당금 황궁을 손아귀에 틀어쥔 자가 누구지?"

"황궁에서 세를 떨치는 자가 누구냐는 말씀이십니까?"

"그래."

왕직은 목소리를 낮추고 주위를 살핀 뒤에야 대답했다.

"그야 물론 태자 전하입지요."

"태자 전하? 황상이 아직 살아 계신데?"

"에이, 세상일이 어디 마음대로 되겠습니까."

왕직이 얘기하는 황궁의 권력 지도는 다음과 같았다.

원래라면 권력의 최정점에 있어야 할 자는 천자인 황제다.

하지만 황제는 아끼던 황장자를 잃고 실의에 빠졌다. 몇 년 사이에 건강이 많이 쇠락한 황제는 정사를 등한시한 지 오래였다.

또한 황제의 어머니인 황태후 역시 연로한 몸이었다. 황제의 정실인 황후 역시 위세가 과거만 못했다. 그녀가 낳은 첫째와 다섯째 아들이 죽었고, 셋째 아들인 영왕은 태자 책봉에 실패했기 때문이다.

왕직이 속삭였다.

"당금 황궁의 실제 주인은 정혜귀비입니다."

그녀가 낳은 친자, 즉 황제의 둘째 아들이 일 년 전에 태자로 책봉되었다.

황제는 태자 말고도 아들이 두 명 더 있었다.

셋째와 넷째 황자는 각각 영왕과 경왕이었다.

그중에서 셋째 황자인 영왕의 위세가 최근 눈에 띄게 높아지고 있었다.

"황궁 안은 태자의 것, 황궁 밖은 영왕의 것이라는 소문까지 돌고 있습죠."

태자는 황궁 금위군의 주축을 이루는 무당파와 연줄이 닿아 있었다. 또한 정혜귀비가 황궁의 실질적 안주인인 만큼, 환관과 궁녀 역시 태자의 수하라고 할 수 있었다.

반면 영왕의 세력은 황궁 밖에 있었다.

그가 태자에 맞서기 위해 화산파와 손을 잡았다는 소문이 나돌았다. 화산파 외에도 영왕은 중원 무림에 수많은 연줄이 있다고 하나, 그것이 정확히 어느 문파나 세가인지는 아무도 알지 못했다.

황장자가 죽은 뒤 다시 책봉된 태자 자리.

역사에서는 한번 일어난 일이 언제든지 되풀이될 수 있다. 즉 태자가 황제의 총애를 잃는 날은 영왕이 새 태자가 되는 것이다.

태자와 영왕 둘 다 그 사실을 잘 알았다.

때문에 둘의 신경전으로 북경은 하루도 조용할 날이 없었다. 북경의 고관대작은 주판알을 튕기며 어느 쪽에 줄을 대야 할지 계산했다.

태자는 궁 밖의 인물이 입궁할 때는 금위군을 시켜서 철저히 감시하도록 했다.

반면 귀비의 수하인 환관과 궁녀에 대한 감시는 상대적으로 소홀해졌다.

"덕분에 저희 환관들의 세상이 되었습죠, 헤헤헤."

왕직이 예의 아첨 섞인 목소리로 웃었다.

무명은 고개를 끄덕였다. 일개 환관인 자신이 자유롭게 황궁을 돌아다니며 사정을 조사할 수 있었던 까닭이 이해되었던 것이다.

그렇다면 한 가지 궁금한 점이 있었다.

'송연화는 정혜귀비의 궁녀일까? 아니면 태자의 수하일까?'

곤륜파의 일류고수인 송연화. 그녀가 단순히 평범한 궁녀로 가장해 있으리라고는 생각되지 않았다.

어쩌면 둘 다일지도 몰랐다. 귀비의 궁녀를 가장한 채, 태자의 수하로 명을 따르고 있다면? 충분히 가능성 있는 얘기였다.

어느새 일주일이 지나고 서고에서 일하는 날이 돌아왔다.

무명은 긴장된 걸음으로 문화전으로 향했다.

대문을 들어서자, 이미 학사가 무명을 기다리고 있었다.

"늦지 않게 왔군."

학사는 무뚝뚝하게 한마디 하더니 일주일 전처럼 무명을

서고로 데리고 갔다. 그리고 서책 수십여 권을 정리하라고 말한 뒤 서고를 나갔다.

"그럼 미시에 오겠네."

학사가 떠나자, 무명은 본격적으로 망자비서를 찾아 나섰다.

천장까지 닿는 책장이 전후좌우로 빽빽이 늘어서 있는 서고.

무명은 종이에 찍힌 붉은 글씨 자국을 머릿속에 떠올렸다. 그리고 눈앞의 책장 샛길과 합치기 시작했다.

곧 그의 머릿속에 서고의 전체 모습이 그려졌다.

"좋아. 시작하자."

무명은 책장들 사이로 걸어 들어갔다.

푸른색 점은 종이의 거의 한복판에 있었다. 즉 망자비서를 찾으려면 서고의 중앙까지 이동해야 된다는 뜻이었다.

무명은 지도와 책장 샛길을 유심히 비교하면서 길을 찾았다.

그러나 서고 중앙에 이르는 길은 쉽게 나오지 않았다.

어떤 때는 중앙으로 향하기는커녕 길을 빙 돌아가야 했다. 급한 마음에 중앙 쪽으로 이동하려고 들었다가는 길이 막다른 곳에서 끝나거나 제자리를 빙빙 맴돌기 일쑤였다. 또 어떤 때는 아예 거꾸로 멀어지는 길을 택해서 이동해야 했다.

지도를 암기하고 있는데도 좀처럼 길을 찾기 힘든 미로.

무명은 식은땀을 훔치며 중얼거렸다.

"차라리 황궁 밑에 있던 지하 감옥 방 세 개를 탈출하는 편이 나았군."

비좁은 서고 길을 헤매는 것이 그만큼 정신력을 소모했던 것이다.

그렇게 밥 한 끼 먹을 시간이 지났을 때였다.

무명은 푸른색 점이 찍힌 위치에 도착했다.

그가 품에서 둘둘 만 지도를 꺼내 펼쳤다. 그리고 자신이 지나온 길과 종이 위의 표시를 확인했다.

틀림없었다. 눈앞의 책장이 바로 푸른색 점이었다.

"여기에 망자비서가 있다는 말인가?"

미시까지는 한 시진이 조금 더 남아 있었다. 망자비서를 찾기에 충분한 시간이었다. 학사가 시킨 서책 정리는 할 시간이 없겠지만, 무명은 대충 얼버무릴 생각이었다.

만약 일을 못 끝내서 서고에서 쫓겨나게 된다면?

아무래도 상관없었다.

"오늘 망자비서를 손에 넣으면 그만이다."

무명은 책장의 맨 위에 꽂혀 있는 서책부터 한 권씩 살피기 시작했다.

그때였다.

스윽, 스윽, 스윽…….

무명의 귓가에 희미하게 발자국 소리가 들렸다.

무명은 고개를 갸웃하며 생각했다. 송연화인가?

일주일 전, 송연화는 서고에서 책장을 무작정 뒤지고 있었다. 그녀가 서고 어디에 망자비서가 있는지 전혀 실마리를 못

찾았다는 뜻이었다.

송연화가 무명을 감시하다가 오늘 뒤를 밟아서 서고에 잠행했다?

충분히 가능한 얘기였다.

그런데 발자국 소리가 왠지 이상했다.

스윽, 스윽, 스윽…….

송연화는 공중에 몸을 띄운 채 적을 상대하는 운룡대팔식을 일류급으로 수련한 고수다.

그런 그녀의 발소리가 지금처럼 둔탁하다고? 무명은 고개를 저었다. 절정의 경신법을 지닌 송연화의 발소리라고 하기에는 지나치게 거칠고 조심스러웠다.

혹시 학사가 돌아온 것일까?

그것도 아니었다. 일부러 소리를 죽인 채 다가오는 발소리였다.

순간 무명은 중요한 사실을 깨달았다.

발소리는 하나가 아니라 여럿이었다. 그 얘기는 즉…….

'서고에 자객 무리가 침입했다.'

감히 황궁의 서고에 침입을 했다고? 그들은 필시 목숨을 버릴 각오를 했으리라.

무명은 침을 꿀꺽 삼켰다.

세상에서 가장 무서운 것은 자기 목숨을 아끼지 않는 자다.

마치 망자처럼.

무명은 발소리를 죽인 채 책장의 모퉁이 쪽으로 이동했다. 샛길 중간에 있다가 양쪽에서 포위되면 꼼짝없이 잡힐 테니까.

발소리가 점점 더 가까워졌다. 책장 너머 어딘가에 자객이 있다는 뜻이었다.

다행히 책장이 미로처럼 얽혀 있는 바람에 무명의 위치가 쉽게 들킬 리는 없었다. 그러나 안심은 금물이었다. 황궁을 침입한 자객 무리라면 책장을 뒤엎고 무명을 찾을지도 모르는 일이었다.

무명은 지금 상황을 객관적으로 따져봤다.

자객은 모두 몇 명인가? 모른다. 무명을 포위해서 잡으려고 왔다면, 적어도 네 명 이상일 것이다. 게다가 어떤 독수를 쓸지 알 수 없었다.

절대적으로 불리.

반대로 이쪽이 유리한 것은?

미로 같은 서고의 지도가 머릿속에 있다.

무명은 결정을 내렸다. 미로에서 자객 무리를 따돌리고 서고를 탈출한다.

그때 옆에 있는 책장이 무명의 시선에 들어왔다. 책장에는 두터운 종이로 겉면을 싼 서책이 여러 권 꽂혀 있었다.

무명이 무슨 생각을 했는지 서책 몇 권을 빼서 손에 들었다.

한편, 서고에 침입한 자객 무리는 서고 중앙을 향해 이동

중이었다.

그들은 모두 여섯 명이었다. 또한 전신에 흑의(黑衣)를 걸쳤으며, 얼굴이 드러나지 않게 복면을 쓰고 있었다.

무리의 수장으로 보이는 자가 주먹을 꽉 쥔 다음 손가락 두 개를 펴서 왼쪽을 가리켰다. 자객 두 명이 왼쪽 길로 들어갔다. 계속해서 수장이 손가락 두 개로 반대편을 가리키자, 두 명이 오른쪽 길로 들어갔다.

수장은 남은 한 명과 함께 앞에 보이는 길로 들어갔다.

자객 여섯 명이 세 갈래로 나뉘어서 움직이기 시작한 것이었다.

목표를 포위해서 사지로 몰아넣는 작전.

수장이 부하들에게 전음을 보냈다.

[죽이지 말고 생포해라. 심문해서 정보를 캐야 한다.]

[놈이 반항하면요?]

[숨통은 끊지 말고 제압해. 피를 흘려서도 안 된다. 서고에 증거를 남기면 안 되니까.]

[까다롭군요. 두 발목을 분지르는 건 어떻습니까? 도망도 못 치고, 피도 안 흘리고.]

[좋은 방법이군.]

각각 두 명씩, 세 조로 나뉜 자객 무리가 책장 샛길을 소리 없이 이동했다.

그런데 그들이 미처 짐작하지 못한 게 있었다.

바로 서고가 미로와 같다는 점이었다.

샛길은 어느 것 하나 일직선으로 뻗어 있는 것이 없었다. 기관진식 방을 탈출했던 무명조차 지도가 없을 때 길을 잃을 뻔하지 않았던가?

자객들은 곧 자신이 어디 있는지 알 수 없게 되었다.

그들이 할 수 있는 것이라고는 고작 전음을 보내는 것뿐이었다.

[지금 어디냐?]

[모르겠습니다.]

[모른다고? 그게 말이 되냐?]

[여기 서고 맞습니까? 길이 미로같이 얽혀서 어디가 어딘지 모르겠습니다!]

수장은 입술을 질끈 깨물었다. 부하를 질책할 수는 없었다. 그 역시 길을 잃어버렸으니까.

[놈이 가까이에 있다. 절대 소리를 내지 말고 이동해라.]

[알겠습니다.]

지금 같은 장소에서는 상대의 소리를 듣는 것이 승패를 가른다.

수장은 숨소리조차 죽인 채 발을 움직였다.

그때였다.

퉁!

그의 발밑에서 제법 큰 소리가 났다.

수장은 깜짝 놀라서 아래를 봤다.

겉면이 두터운 서책 한 권이 그의 발에 채여서 바닥에 쓰러져 있었다.

서책은 물론 무명이 놓아둔 것이었다.

무언가를 추적할 때 사람은 시야가 좁아진다. 게다가 자객 무리는 서고에서 길을 잃은 상태였다. 사람이 길을 잃으면 좌우를 두리번거리며 걷는다. 자연히 발아래 쪽은 시선이 가지 않는다.

무명이 노린 것은 바로 그 점이었다.

그는 책장에서 겉면이 두터운 서책을 몇 권 뽑았다. 그리고 자객들이 지나갈 곳을 계산하여 서책을 비스듬히 펴서 세워 두었다.

그리고 수장은 서책을 보지 못한 채 발로 쓰러뜨려서 소리를 낸 것이었다.

수장은 바닥에 쓰러진 서책을 보며 멍하니 침음했다.

그러다가 정신을 차리고 전음을 보냈다.

[서책을 조심해라!]

부하가 뜬금없다는 말투로 회답을 보냈다.

[서책이요? 사방팔방이 죄다 서책인데 뭘 조심하란 말입니까?]

[그것 말고 발밑에 있는 서책 말이다!]

[네? 무슨 말씀이신지?]

그때였다. 다시 한번 서책이 쓰러지는 소리가 났다. 퉁!

그리고 한 번 더. 퉁!

[…이것 말씀이셨군요.]

쥐 죽은 듯이 조용하던 서고에서 두터운 서책이 쓰러지는 소리는 천둥 벼락과도 같았다.

수장이 전음을 보내지 않고 육성으로 소리쳤다.

"들켰다! 놈을 잡아라!"

"존명!"

타타타탓!

세 조, 여섯 명의 자객이 책장 샛길을 달리기 시작했다.

몰래 포위해서 목표를 생포하려던 작전이 물거품으로 돌아가자, 수장이 재빨리 작전을 바꾸었던 것이다.

이제 자객 무리와 무명의 대결은 속도전이 되었다.

잡느냐, 탈출하느냐.

무명은 서책이 쓰러지는 소리를 듣고 자객들의 위치를 알아차렸다.

두 명은 왼쪽으로 책장 두 개 너머에 있었다.

두 명은 비스듬히 오른쪽으로 책장 세 개 정도 떨어진 위치에 있었다.

그리고 마지막 두 명은…….

바로 뒤의 모퉁이에서 곧 모습을 드러낼 것이다.

시간이 없었다. 무명은 재빨리 발을 옮겨서 지금의 위치에서 벗어났다. 그리고 서고에서 가장 길이 뒤얽힌 책장 속으로 들어갔다.

무명의 눈앞에 서고 지도가 마치 직접 보이는 것처럼 떠올랐다.

그는 지도 위에다 자객의 위치 세 군데를 녹색 점으로 찍었다. 이제 녹색 점을 피해서 서고 밖으로 탈출하면 된다.

그때 자객 수장의 일갈이 들렸다.

무명의 눈썹이 일그러졌다. 정체를 들킨 자객들이 잠입하는 것을 포기하고 속도전을 펼친 것이었다.

그렇다면 녹색 점이 세 개라고 볼 수 없었다. 두 명씩 한 조를 이루었던 자객들이 서로 흩어져서 추격해 올 가능성이 있었다. 그럴 경우 녹색 점은 최대 여섯 개로 늘어날지도 모른다.

무명은 모든 가능성을 머릿속 지도에 그려 넣었다.

즉 지도 위에서 녹색 점의 시야에 보이는 곳을 같은 녹색으로 칠하기 시작한 것이었다.

녹색 점이 계속 이동하는 것도 염두에 두었다. 점이 움직이다가 길이 갈라지면, 모든 갈림길을 녹색으로 칠했다. 그들이 어느 쪽 길을 택할지 알 수 없으니까.

작업이 끝났다.

녹색으로 칠해지지 않은 길이 탈출로였다. 하얗게 남은 길만 따라가면 자객과 마주칠 일이 없는 것이다.

그런데 문제가 생겼다.

서고 정문 주위가 녹색 줄로 빈틈없이 칠해져 있었던 것이다.

자객들이 무작정 무명의 뒤를 쫓는다면, 어떻게든 따돌리고 서고를 나갈 수 있으리라. 하지만 그들 중 단 한 명이라도 뒤로 돌아가 정문을 지킨다면?

무명이 난감한 얼굴로 중얼거렸다.

"정문으로 나가는 방법은 없는 건가?"

이대로 시간을 더 끌면 지도는 점점 더 녹색으로 채워질 것이다.

어떡한다? 무명은 생각에 생각을 거듭했다.

문득 머릿속을 스치는 생각이 있었다.

송연화와 서고에서 마주쳤던 날, 그녀는 서고의 정문으로 나가지 않고 책장 모퉁이를 돌아서 어디론가 사라지지 않았던가?

서고에 정문 말고 다른 뒷문이 있다는 뜻이었다.

아마도 황제나 황자만이 드나들 수 있는 뒷문. 필시 귀비가 그녀에게 귀띔해 주었으리라.

황제가 쓰는 문으로 나가다가 발각되면 죽음을 면치 못한다. 하지만 자객들에게 붙잡혀도 목숨을 부지하지 못하는 것은 마찬가지였다.

무명은 송연화가 사라졌던 서고 샛길을 기억하려고 했다.

곧 지도 위에 송연화가 이동했을 경로가 칠해졌다. 이번에는 검은색이었다.

무명이 만족스런 얼굴로 중얼거렸다.

"탈출로를 찾았다."

하지만 탈출로는 완벽하지 않았다. 검은 선으로 이어진 탈출로의 중간을 녹색 줄이 교차하면서 끊고 있었던 것이다.

무명이 탈출로를 따라 움직일 때 자객과 만날 위험이 있다는 뜻이었다.

물론 두 선이 십자로 교차하는 만큼, 자객을 마주칠 가능성은 희박했다.

그러나 만약 마주친다면?

"자객을 쓰러뜨릴 수 있을까?"

무명은 스스로에게 반문해 봤다.

이전처럼 내공이 실리지 않은 신법으로는 무리일 것이다.

그러나 무명은 내공진기가 전혀 없는 것이 아니었다. 단 한 번의 초식이라면 어떻게 내공을 싣는 것이 가능할지도 모른다.

그릇 아래에 고인 한 줌의 모래를 모두 끌어모아서.

자객과 마주치는 순간 단 일초식만으로 그를 쓰러뜨린다. 그것만이 유일한 해법이었다.

물론 몸이 금나수나 외공을 기억하고 출수한다는 가정하에서의 얘기였다.

무명은 결정했다.

"탈출로로 가자."

가능성이 희박한 도박에 판돈을 몽땅 건 노름꾼의 심정이 이런 것일까?

무명은 송연화가 나갔을 뒷문이 있는 곳을 찾아 빠르게 움직였다. 동시에 소리없이 이동하는 중에도 심호흡을 하며 내력을 끌어모았다.

발소리가 나지 않게 걷는 것보다, 숨소리를 죽인 채 운기조식해서 내력을 모으는 게 몇 배 이상 어려웠다.

이윽고 탈출로와 녹색 줄이 교차하는 지점에 도착했다.

단 일초식으로 끝내야 한다.

실패하면 죽음뿐.

무명의 계산대로라면, 눈앞에 보이는 책장 모퉁이에서 곧 자객이 튀어나올 것이었다.

무명은 모퉁이를 향해 성큼성큼 걸음을 옮겼다.

잔뜩 긴장하고 있을 자객을 상대하는 나름의 심리전이었다. 무명이 태연하게 접근하면 긴장한 자객은 영문을 몰라서 더욱 긴장하리라.

그게 바로 무명이 노리는 것이었다.

자객이 무명의 무공 수위를 추측하며 탐색전을 벌일 때, 단숨에 접근해서 일초식으로 끝장을 내는 것.

무명이 책장 모퉁이를 돌아 고개를 내밀었다.

…자객은 없었다.

무명은 속으로 안도의 한숨을 쉬었다. 자객은 다른 길로 들어선 것 같았다. 애초에 이쪽으로 올 가능성은 반반이었으니까.

이제 발소리를 죽일 필요가 없었다. 앞으로 난 길은 어디에도 녹색이 칠해지지 않은 안전한 길이었다. 무명은 샛길을 달리기 시작했다.

무명의 추측으로는, 지금 길을 일직선으로 달리다가 두 번째 모퉁이를 도는 순간 송연화가 나갔을 뒷문이 나올 것이었다.

타타타탓!

어디선가 자객들의 발소리가 들렸다. 무명이 달리는 소리를 듣고 추격해 오는 것이리라.

곧 길이 끝났다.

무명이 두 번째 나오는 책장 모퉁이를 돌았다.

서고의 뒷문은… 있었다!

"도박이 성공했군."

무명은 그제야 안도했다.

문은 잠겨 있지 않았다. 천만다행이었다. 여기까지 와서 문이 잠겨서 나가지 못한다면, 허망함은 이루 말할 수 없으리라.

무명이 문을 열고 서고를 나갔다. 서고 안에서 짙은 향냄새를 맡다가 바깥의 신선한 공기로 숨을 쉬자 가슴이 뻥 뚫린 기분이었다.

그때였다.

짝짝짝.

등 뒤에서 박수 소리가 들렸다.

무명은 혹시 송연화가 아닐까 하고 생각했다. 하지만 예상은 빗나갔다.

"대단하군. 설마 여기로 탈출할 줄이야."

"……."

박수 소리의 주인이 처음 듣는 목소리로 말했다.

여유로운 목소리. 아무 기척 없이 접근해 온 신법.

무명은 등 뒤에 있는 자가 흉계를 꾸민 장본인이라는 것을 깨달았다.

'도박판이 아니라 함정이었군.'

실은 자객들의 진짜 수장은 따로 있었던 것이다. 서고의 추격전을 지휘한 자는 행동대장에 불과했다.

자객들의 진짜 수장은 무명의 심계를 이미 파악하고 있었다. 그리고 어떻게 알았는지, 서고의 뒷문에 미리 와서 무명을 기다렸던 것이다. 서고에 있는 여섯 명은 쥐를 함정으로 몰아넣는 몰이꾼에 지나지 않았다.

그 결과, 무명은 독 안에 든 쥐 신세가 되고 말았다.

짝짝짝. 박수 소리는 멈추지 않고 있었다.

마치 고양이가 쥐를 조롱하듯이.

"그만 포기해라. 네놈이 빠져나갈 구멍은 어디에도 없다."

"…그 말이 맞는 것 같군."

무명은 짐짓 자객 수장의 말을 인정하는 척하며 대답했다.

그러나 속마음은 전혀 달랐다. 무명은 포기하지 않고 마지막 노림수를 준비하고 있었다.

내공진기를 모두 끌어모아 일초식으로 상대를 쓰러뜨린다.

마지막 단 한 번의 기회.

자객 수장이 무명의 등 뒤로 다가오며 말했다.

"잘 생각했다."

그때 무명이 고개를 슬쩍 왼쪽으로 돌려 뒤를 봤다. 마치 모든 것을 포기한 사람처럼 힘없는 동작으로.

수장의 시선이 자연스레 무명의 얼굴로 향했다.

순간 무명이 오른발을 뒤로 뻗으며 몸을 회전시켰다. 동시에 오른팔을 쭉 뻗어 반원을 그리며 뒤를 향해 휘둘렀다.

슈웃!

몸을 역으로 회전하며 주먹의 등으로 상대의 머리를 후려치려는 수법.

그것은 정교한 초식도, 신묘한 신법도 아닌 무식한 수법이었다. 하지만 상대에게 등을 돌린 채 펼치는 공격이니만큼, 기습의 효과가 있었다. 무명이 왼쪽 어깨 너머로 고개를 돌려 수장의 시선을 유인한 것도 그런 이유에서였다.

한 번의 주먹에 무명은 두 번의 속임수를 넣은 것이다.

그 주먹에 전신의 내력이 모두 실려 있었다.

정면에서 출수하는 권격보다 한 배 반은 더 긴 사정거리가 나왔다. 바람을 가르며 날아든 무명의 주먹이 자객 수장의 태양혈, 즉 오른쪽 관자놀이를 강타했다.

무명은 회심의 일격이 성공했다고 생각했다.

빡!

…소리가 나야 정상이었다.

하지만 그것은 무명의 머릿속에만 들린 환청이었다.

실제로 난 소리는 그것과는 전혀 달랐다.

퍼어어어…….

마치 바람 빠진 풍선을 친 듯한 소리.

소리뿐이 아니었다. 무명의 주먹이 수장의 머리로 쑥 들어가는 것이 아닌가?

"……!"

무명은 무슨 일이 일어났는지 몰라 경악했다.

수장의 두개골이 꼭 솜이불이라도 되는 것처럼 푹신했다. 솜이불을 아무리 세게 때려봤자 반응이 있을 리 없다. 무명의 주먹 역시 실려 있던 내력이 스르르 사라지면서 점점 느려졌다.

그제야 무명은 어찌 된 사정인지 알아차렸다.

무명이 주먹을 강타하는 찰나, 자객 수장이 왼손을 뻗어서 태양혈을 가로막은 것이었다.

동시에 그는 손바닥으로 무명의 주먹을 감싸 쥐며 기이하게 흔들었다. 그러자 주먹에 실린 힘은 사방으로 분산돼서 사라져 버렸다. 때문에 무명은 솜이불을 치는 것 같은 기분을 받았던 것이다.

그것으로 끝이 아니었다.

자객 수장이 왼손을 뒤로 빼며 무명의 오른 주먹을 잡아당졌다. 전신의 기력을 주먹에 모두 실은 무명은 수장의 손놀림에 빨려 들어가듯이 움직일 수밖에 없었다.

상대의 힘을 거스르지 않고 오히려 역으로 이용하는 수법이었다.

순간 수장이 왼손을 빙글 돌리며 뒤집었다.

무명의 오른팔이 꽈배기처럼 뒤틀렸다.

"크윽!"

팔근육이 뒤틀리자, 어깨와 몸도 그에 따라 움직였다. 무명의 전신이 가을 낙엽처럼 공중에 떠올랐다.

부웅!

무명이 공중에 붕 떠 있는 찰나, 내공진기가 실린 수장의 목소리가 귓가에 들렸다.

"대단한 기습이었소. 마치 와호장룡이 강호에 나타난 것 같더군."

"……."

와호장룡(臥虎藏龍). 엎드린 호랑이와 숨어 있는 용이라는 말이다.

수풀 속에 엎드린 호랑이와 구름 속에 몸을 감춘 용은 세상에 나오지 않고 은거하는 고수를 뜻한다. 그런 호랑이와 용이 강호에 출몰했으니, 세상은 발칵 뒤집히고 사람들은 고수의 무공에 깜짝 놀랄 것이다.

하지만 무명이 날린 회심의 일격은 수장의 손바닥에 간단히 제압되지 않았는가?

즉 그가 와호장룡을 운운한 것은 무명을 비웃으며 조롱하는 것이었다.

탁! 수장이 왼손을 놓으며 튕겼다.

무명의 몸이 두 발이 하늘을 향하도록 거꾸로 서며 부웅 떠서 날아갔다. 그리고 어깨부터 땅으로 떨어지며 추락했다.

쿠웅.

무명은 정신을 잃었다.

5장.

관제묘(關帝廟)의 두 남녀

정체 모를 목소리가 말했다.

"일어나시오."

예의를 갖춘 정중한 말투.

그러나 무명은 일어나라면서 호통을 치던 이강의 욕설이 오히려 그리웠다. 말투는 부드러웠지만, 그 속에 어두운 기운이 깃들어 있었기 때문이다.

무명은 몸을 움직이려고 했다. 하지만 손도 발도 꼼짝하지 않았다. 게다가 머리가 깨질 것처럼 지끈거리며 아팠다.

그제야 무명은 무슨 일이 있었는지 기억났다.

자객 수장의 수법에 걸려서 몸이 몇 장을 날아간 뒤 거꾸로 땅에 떨어졌었다.

그렇다면…….

무명은 침을 꿀꺽 삼키며 생각했다.

'나는 자객 무리에게 잡혀온 것이로군.'

무명이 천천히 눈을 떴다. 그리고 힘겨운 시선으로 주위를 살폈다.

자신이 있는 곳은 어딘지 모르는 방 안이었다. 방은 낡고 허름했으며, 구석에는 먼지 더미가 굴러다녔고 천장에는 거미줄이 쳐져 있었다. 문을 닫은 지 오래된 객잔 같았다.

무명은 의자에 앉아 있었다. 그러나 굵은 밧줄이 두 손과 두 발을 의자에 칭칭 묶고 있는 상태였다. 손과 발이 꼼짝도 하지 않는 것도 당연했다.

하지만 무명은 속으로 안도의 한숨을 쉬었다. 중상을 입어서 손발을 움직일 수 없는 것보다는 백번 낫지 않은가?

그리고 눈앞에 무명을 잡아온 장본인이 있었다.

바로 자객의 수장이었다.

"이제야 정신이 드셨소?"

그의 말투는 여전히 부드럽고 친절했다. 말투만 듣자면 자객은커녕 고급 객잔의 지배인이라고 해도 무리가 없을 정도였다.

그러나 그가 자객이라는 사실은 틀림없었다.

그 증거로, 눈앞의 인물은 얼굴이 드러나지 않게 복면을 쓰고 있었다.

검은 복면은 두 눈과 숨구멍만 뚫려 있을 뿐, 머리카락 한 올도 보이지 않게 머리 전체를 통째로 가리고 있었다.

또한 자객 수장은 복면 말고도 전신에 흑의를 걸친 차림이었다. 신발 역시 검고 투박한 장화였다. 그것도 모자라 두 손에는 장갑을 끼고 있었다. 물론 검은색이었다.

그의 몸에서 검은색이 아닌 곳은 두 눈의 흰자위가 유일했다.

전신을 검은색으로 도배하다시피 하고 있는 자객 수장.

무명은 그가 누구인지 짐작조차 할 수 없었다.

무명이 입을 열었다.

"여기가 어디요?"

"글쎄. 어디라고 생각하시오?"

"일단 황궁 밖으로 나온 것은 분명하군."

"그렇소. 황궁에서 조금 떨어진 곳에 있는 객잔이오."

뜻밖에도 수장은 흔쾌히 대답을 했다.

"하지만 도성 밖은 아니오. 북경성 외곽에 있는 객잔이오. 우습지 않소?"

"뭐가 말이오?"

"다 같이 천자가 머무는 도성인데, 어떤 곳은 금은보화가 넘쳐나는 반면, 어떤 곳은 손님이 없어서 망하니 말이오. 세상이 이토록 공정하지 않아서야 어찌 살 마음이 나겠소?"

무명은 쓴웃음을 지으며 말했다.

"세상은 원래 불공평한 곳이오."

"하하하, 그것 참 우문현답이오."

하나는 자객의 수장. 하나는 그에게 붙잡혀 온 인질.

그런 만큼 둘의 대화는 상황에 어울리지 않게 기묘한 것이었다.

무명이 물었다.

"황궁에서는 어떻게 나온 것이오? 금위군의 눈을 속일 수는 없었을 텐데?"

"그거야 방금 당신이 말하지 않았소?"

"무슨 뜻이오?"

"세상은 원래 불공평하오. 그러니 불만을 품은 자에게 공평하게 금은보화를 나누어 준다면, 그자 역시 그에 대한 보답을 하게 마련이오. 그렇지 않소?"

"……."

무명은 입을 다물고 침음했다.

수장이 말한 의미는 하나였다. 제아무리 천자가 사는 황궁이라 한들, 뇌물을 쓰면 불가능한 일은 없다.

무명도 그 사실을 반박할 마음은 없었다. 그러나 무명은 다른 생각을 하고 있었다.

'정말 뇌물만 써서 황궁을 나왔다고?'

황궁의 서고에 침입해서 무명을 납치한 자객 무리.

그런 행동이 단순히 뇌물만으로 가능할 리 없었다. 그렇다면…….

'이들은 황궁에 줄이 닿은 세력일 터.'

무명은 그렇게 짐작했다. 하지만 그 말을 입 밖에 내지는 않았다.

무명이 재차 물었다.

"당신은 누구요?"

"아쉽지만 그건 밝힐 수 없소. 강호의 고수가 존성대명을 묻는데 대답할 수 없다니, 본인도 무척 답답하오. 이해하시오."

"복면을 쓴 이유가 그래서요?"

"그렇소. 숨 쉬기도 힘들고, 매우 불편하오. 하지만 어쩌겠소? 일인데."

수장의 복면 아래쪽이 양옆으로 일그러졌다. 그가 입가에 미소를 지었다는 뜻이다.

무명도 맞장구치듯이 희미하게 미소를 지었다.

"무슨 조직인지, 그쪽도 힘들겠소."

"내 말이 그 말이오."

무명과 수장은 마치 십년지기 친구처럼 대화를 나눴다.

복면을 쓴 이유는 물론 정체를 숨기기 위해서다. 그러나 무명은 그 속에 숨어 있는 진의(眞意)를 알아차렸다.

자객 무리는 무명을 납치해서 황궁 밖으로 끌고 나왔다. 이제 무명의 목숨은 그들의 손에 달려 있는 셈이었다. 그런데 복면을 쓰면서까지 정체를 숨기는 이유는 무엇인가?

무명은 생각했다.

'이들은 나를 죽여서 입막음을 할 생각이 없다.'

그랬다. 무명을 죽일 생각이면 굳이 복면을 쓸 필요도 없는 것이다.

즉 무명은 살아서 이곳을 나갈 가능성이 높았다.

그 사실을 깨닫자 무명은 어지럽던 머릿속이 밝아졌다. 그는 수장이 누구인지, 그가 어떤 조직에 몸담고 있는지 알아내려고 했다.

하지만 실마리가 너무 부족했다.

가구 한 점 없이 텅 빈 객잔 방 안.

눈앞에 있는 자는 복면을 뒤집어쓴 자객 수장 한 명.

속세를 초월했다는 팔선(八仙) 중의 한 명인 여동빈이라고 해도 이것만으로는 수장의 정체를 알아내지 못하리라.

오직 보이는 것이라곤 형형한 빛을 내뿜는 두 눈뿐.

두 눈이 총총하고 안광이 새어 나오는 것으로 보아 수장은 강호의 인물이 분명했다.

그러나 그 이상은 알 수 없었다. 무명은 낙심한 나머지 고개를 저었다.

그때 무명의 눈에 무언가가 들어왔다.

'저것은?'

무명의 시야에 포착된 것은 수장이 끼고 있는 장갑이었다.

처음에 무명은 그가 복면에다 장갑까지 끼고 있는 것을 보고, 어지간히 정체를 숨기려 한다고만 생각했다.

하지만 다시 보니 그게 아니라 다른 이유가 있었다.

수장의 양손 장갑이 제각기 달랐던 것이다.

왼손에 낀 장갑은 손가락 끝이 닳아서 가죽 부분이 반질반질하고 매끈했다. 반면 오른손의 장갑은 끝이 투박하고 거칠었다. 장갑을 껴도 오른손은 그다지 사용하지 않는다는 뜻이었다.

한쪽 손만 닳아 있는 장갑.

설령 수장이 왼손잡이라고 해도 오른손을 전혀 안 쓴다는 것은 말이 안 되었다.

무명은 수장의 비밀을 알아차렸다.

그의 오른손은 의수(義手)였다.

무명이 짐작컨대, 수장은 오른손이 없는 외팔이가 분명했다. 그는 아마도 나무를 깎아 만든 오른손을 팔에 부착하고 다닐 것이다. 그런 다음 그 위에 장갑을 끼었으리라.

외팔이라는 신체적 특징은 한번 보면 잊히지 않는다. 수장이 복면을 쓴 것도 모자라 장갑까지 낀 건 이유가 있었다.

즉 외팔이가 복면인이라는 사실을 들키지 않기 위해서였던 것이다.

하지만 무명은 외팔을 가진 자를 아무도 알지 못했다. 애초에 기억을 잃은 뒤 새로 알게 된 사람이 몇 명 안 되었다.

그때 수장이 문을 열더니 밖에 있는 사람 한 명을 불러들였다.

"들어오게."

방으로 들어온 자는 키가 어린아이만큼 작은 난쟁이였다.

난쟁이가 흘깃 무명을 봤다.

무명은 등에 찬물을 끼얹은 것 같았다. 그의 눈빛이 음울하게 가라앉아 있었기 때문이다.

난쟁이의 두 눈은 날카롭게 찢어진 뱀눈의 모양이었다. 게다가 짝짝이이기까지 했다. 보는 이로 하여금 불쾌감을 느끼게 하는 몰골이었다.

무명은 그런 두 눈과 마주친 기억이 있었다. 바로 지하 감옥에서 인육숙수의 눈빛이 지금 난쟁이와 똑같았다.

수장이 말했다.

"이만 시작하는 게 좋을 것 같소."

괴이한 난쟁이를 불러들인 다음 납치해 온 자에게 시작을 고하는 수장의 말.

지금부터 심문이 시작된다는 뜻이었다.

그리고 동시에 고문도.

난쟁이가 옆구리에 끼고 있는 혁낭을 바닥에 놓고 풀어 헤쳤다.

그가 혁낭을 열자 각양각색의 기물(奇物)이 쏟아졌다.

가늘고 날카로운 세검(細劍), 상어 이빨 같은 톱니가 달린 거도(鋸刀), 끝이 낚싯바늘처럼 굽은 곡정(曲釘), 머리카락보다 얇은 세침(細針) 등등. 그가 꺼낸 물건들은 하나같이 괴이한 것들뿐이었다.

"어디 보자……."

난쟁이가 기물들을 천천히 훑어보며 중얼거렸다. 그의 얼굴은 지나치게 담담하여 고문을 앞둔 자인지, 아니면 차를 마시려고 다기를 고르는 자인지 알 수 없을 정도였다.

이윽고 난쟁이가 세검 하나를 골라서 집어 들었다.

그가 수장을 돌아보며 말했다.

"처음은 이놈으로 시작하겠습니다. 톱질하고 자르려면 일단 베어야 되는 법이죠."

"모두 맡기겠네. 좋을 대로 하시게."

수장은 고문사(拷問士)인 난쟁이에게도 정중하게 예의를 차려서 말했다. 다른 때 같으면 무명은 그의 위선을 비웃었으리라. 하지만 지금은 웃음이 나올 때가 아니었다.

"무엇부터 불게 만들까요?"

"전부 다. 세 살배기 때부터 기억하고 있는 것을 몽땅 실토하도록 만들게."

그 말에 무명이 결국 크게 웃음을 터뜨렸다.

"하하하하하!"

정중하던 수장의 목소리가 살짝 높아졌다.

"뭐요? 내 말이 그리 우습소?"

"우습다마다."

무명이 만면에 씨익 미소를 지으며 말했다.

"나는 기억을 잃어서 과거 일을 기억 못 하오. 지금 임시방편으로 쓰고 있는 이름이 무엇인지 아시오?"

"뭐지?"

"무명이오. 이름이 없다는 뜻. 즉 내 이름도 기억 못 한다는 소리요."

"기억을 잃었다고? 그 말을 나보고 믿으라는 것이오?"

"믿든 말든 당신 자유요. 얼마든지 심문해 보시오. 어떤 기억이 떠오르나."

"……."

수장은 무명의 말을 반신반의하는 것 같았다.

난쟁이가 말했다.

"심문받는 놈들이 으레 하는 말입니다. 기억이 없다, 나는 모른다, 생각나지 않는다. 하지만 걱정 마십시오. 그런 놈들은 칼질 한 번에 하나씩 기억을 떠올리는 법이죠."

"흐음, 그렇군."

수장이 난쟁이와 함께 미소를 지었다.

그러나 무명은 조금도 흐트러짐이 없었다. 어차피 고문은 피할 수 없는 일이다. 그렇다면 차라리 기억이 없어서 말할 게 없는 편이 나을 것이라 생각했다.

"없는 기억을 만들어주겠다니, 고맙소."

"기억이 없는 건지 발뺌인지, 곧 알게 될 것이오."

난쟁이가 세검을 들고 무명에게 걸어왔다.

그때였다.

문이 열리며 자객 무리 하나가 방에 들어왔다. 그 역시 머리에 복면을 뒤집어쓰고 있었다.

자객이 수장에게 뭐라고 귓속말을 했다.

그러자 수장이 무명을 돌아보며 말했다.

"이런. 당장 급한 일이 있어서 자리를 떠야 되겠소. 미안하오."

"천만의 말씀."

무명이 냉소하며 대답했다.

"자네는 할 일을 계속해도 좋네."

"분부대로 하겠습니다."

수장은 난쟁이에게 고문을 계속하라는 명을 내린 다음 부하와 함께 방을 나갔다.

탁. 문이 닫혔다.

이제 방에 있는 자는 무명과 난쟁이가 전부였다.

난쟁이가 무명의 뺨에 세검을 바싹 들이댔다. 무명은 턱을 꽉 다물었다.

하지만 난쟁이는 세검의 검면으로 뺨을 한차례 훑더니 뒤로 한 걸음을 물러섰다. 그리고 의자에 포박된 무명의 주위를 천천히 돌기 시작했다.

"사람 몸에 근육이 몇 개나 있는지 알고 있나?"

"모르오."

"대략 육백오십 개다. 의원에 따라서 더 많다고 보는 이도 있지."

난쟁이는 수장이 나가자 음산한 목소리로 하대를 했다.

"지금부터 육백오십 개를 하나씩 끊겠다. 네놈은 알고 있는 사실을 육백오십 개 말하게 되겠지. 하지만 그게 끝이 아니다. 사람 몸에는 빼낼 부분이 꽤 많지. 손톱, 발톱, 이빨, 눈알……."

난쟁이는 무명의 귓가에 입을 대고 속삭이는가 하면, 등 뒤로 돌아가서 모습을 보이지 않은 채 중얼거리기도 했다.

무명은 난쟁이의 성정이 어떤지 알 수 있었다. 그는 고문에 앞서 겁을 주는 것으로 쾌감을 얻는 성정이었다. 마치 형자를 앞에 두고 허공에 칼을 휘두르며 일부러 뜸을 들이는 망나니처럼.

그런데 난쟁이가 무엇을 봤는지 의아하다는 목소리로 말했다.

"이게 뭐지? 네놈 목 뒤에 이상한 흉터가……."

난쟁이는 무명의 목 뒤를 유심히 살피는 것 같았다.

"설마……."

난쟁이가 의자를 돌아서 무명의 앞으로 왔다. 그의 얼굴은 백지장처럼 창백했고, 목소리는 사시나무처럼 벌벌 떨리고 있었다.

"당신, 이매망량과 무슨 관계요?"

난쟁이가 침을 꿀꺽 삼키며 물었다.

무명의 목덜미를 훑던 차가운 세검의 날이 딱 정지했다.

난쟁이가 벌벌 떠는 목소리로 물었다.

"당신, 대체 이매망량과 어떤 관계인 것이오?"

여태껏 하대를 하던 난쟁이가 갑자기 존대를 했다. 그가 겁을 먹었다는 뜻이었다.

무명은 무슨 말을 해야 할지 알 수 없었다. 과거 기억이 하나도 없으니까.

그러나 한 가지는 분명했다.

이매망량(魑魅魍魎). 세상의 온갖 도깨비와 잡귀신을 뜻하는 말.

하지만 지금 난쟁이가 말한 뜻은 그게 아닐 것이다. 괴이한 고문사가 겁을 먹은 채 벌벌 떨게 만든 이매망량. 즉 이매망량은 필시 악명 높은 어떤 조직의 이름이리라.

문제는 무명이 이매망량이 무엇인지 전혀 짐작도 못 한다는 것이었다.

무명은 난쟁이가 두려워하는 점을 이용하기로 했다.

그가 나직한 목소리로 말했다.

"그걸 알아보다니, 두 눈깔은 제대로 박혔군."

"지, 진짜요? 당신, 이매망량이었소?"

"왜 묻지? 직접 세검을 놀려서 알아내지 않고?"

"…아니오. 나는 그만두겠소."

난쟁이가 등 뒤로 손을 돌리며 세검을 치웠다. 겁을 먹어도 단단히 먹은 눈치였다.

무명이 짐짓 태연한 척 미소를 지으며 말했다.

"한 가지 부탁이 있다."

"그게 무엇이오?"

"그 흉터 말이다. 그것 좀 어떻게 안 되겠나? 목욕할 때도 그렇고 영 귀찮아서 말이지."

"……."

난쟁이는 곧바로 대답하지 않고 입을 다문 채 침음했다.

무명은 실마리를 제대로 짚었다는 것을 느꼈다.

방금 난쟁이는 무명의 목 뒤에 이상한 흉터가 있다고 말했다. 그리고 목덜미를 유심히 살피다가 화들짝 놀라며 의자 앞으로 돌아왔던 것이다.

난쟁이를 놀라게 만든 흉터. 그것이 이매망량의 정체를 알아낼 실마리였다.

난쟁이는 무슨 생각을 하는지 좀처럼 입을 열지 않았다. 그러다가 고개를 좌우로 저으며 말하는 것이었다.

"그건 못 하오. 그 흉터는 치료할 수 없소."

난쟁이의 말을 듣건대, 그는 단순히 고문만 하는 게 아니라

의술 지식도 상당한 것 같았다.

무명은 난쟁이를 협박하며 밀어붙였다.

"사람 몸에 몇 되의 피가 흐르는지 알고 있나?"

"대략 석 되가 아니오?"

"잘 아는군. 그럼 사람이 피를 얼마나 흘리면 죽는지도 알고 있겠군."

"……."

"내가 밧줄을 풀고 네놈의 피를 한 방울씩 빼겠다. 네놈은 얼마나 사실을 실토할까? 피 한 방울마다 한 마디씩? 아니면 피 한 되에 한마디? 흐음, 곤란한걸. 피를 한 됫박 흘리면 죽을 텐데, 고작 한마디 듣겠다고 그 수고를 해야 된다니, 그것 참."

난쟁이가 침을 꿀꺽 삼켰다. 무명의 협박이 먹혀들었다는 뜻이었다.

무명이 마지막 일격을 가했다.

"당장 흉터를 치료해라."

그러나 난쟁이는 손을 아래로 늘어뜨린 채 움직이지 않았다.

"나는 못 하오."

"왜지?"

"잘 알고 있지 않소? 그 흉터는 백령은침(白靈銀針)을 뺀 흔적이오. 그걸 함부로 건드렸다가는 이매망량이 세상 끝까지 추격해 와서 나를 죽일 거 아니오!"

"……."

무명은 계속 난쟁이를 추궁하지 않고 말을 멈췄다.

난쟁이의 얘기를 듣고 알 수 있는 사실은 두 가지였다.

이매망량은 정체불명의 조직이 맞았다. 난쟁이의 반응으로 볼 때, 아마도 살수(殺手) 집단일 것이다. 또 하나의 사실은 백령은침이 무명의 목 뒤에 꽂혀 있었다는 것이다. 그리고 지금은 백령은침을 뺀 흉터만 남아 있었다.

문제는 이매망량도 백령은침도 대체 무엇인지 기억나지 않는다는 것이었다.

그때 난쟁이가 뜻밖의 사실을 중얼거렸다.

"그럼 정말 소문이 맞는 사실이었소?"

"무슨 소문?"

"백령은침을 시술받았다가 다시 빼면 기억을 잃는다는 소문 말이오. 당신이 아까 스스로 기억을 잃었다고 하지 않았소?"

무명은 재빨리 그 말을 반박했다.

"순진하군. 소문을 정말 믿었나?"

"아니었소? 하긴, 이매망량도 백령은침도 강호에 소문만 떠돌 뿐, 직접 목격한 사람은 볼 수 없으니 뜬소문일지도 모르겠군."

무명은 잠시 침음하며 난쟁이의 말을 되새겼다.

그는 난쟁이가 들었다는 소문을 부정할 수밖에 없었다. 만약 소문을 긍정한다면 자신이 이미 모든 걸 알고 있는 셈이니, 난쟁이를 협박해서 진실을 알아낼 방법이 없어지기 때문이었다.

무명은 난감했다. 난쟁이가 지금까지 얘기 중에서 모순을 발견하지 않기만을 바랐다.

어쨌든 큰 성과가 있었다.

백령은침을 빼면 기억을 잃는다는 소문.

어쩌면 자신은…….

'나는 백령은침이란 걸 시술받았는지도 모른다.'

그게 사실일 경우, 잃어버린 기억을 되찾을 가장 큰 실마리를 알아낸 셈이었다.

무명은 다시 한번 도박을 했다.

그가 나직한 목소리로 물었다.

"이매망량과 백령은침에 대해 네가 아는 걸 모두 말해라."

하지만 무명의 도박 수는 역효과를 불렀다.

"그, 그럴 순 없소! 차라리 그냥 내 목을 내놓으라고 하시지!"

공포에 질려 있던 난쟁이가 되레 크게 소리쳤다. 그러더니 그는 몸을 돌려서 바닥에 놓인 혁낭을 챙겼다.

"나는 이번 일에서 손을 떼겠소! 받은 돈도 다 돌려줄 것이오!"

"……."

무명은 할 말을 잃었다. 난쟁이를 너무 밀어붙인 게 잘못이었을까? 도박은 실패했다. 주사위가 계속해서 높은 숫자만 나오라는 법은 세상에 없는 것이다.

기물을 모두 챙긴 난쟁이가 허겁지겁 문을 열었다. 그리고 뒤도 돌아보지 않고 밖으로 나가 사라졌다.

그 꼴을 보며 무명이 피식 웃었다.

"이강 말마따나 닭 쫓던 개가 지붕 쳐다보는 꼴이 됐군."

손과 발이 의자에 꽁꽁 포박되어 있는 무명. 그는 설령 손발이 자유롭다고 해도 난쟁이를 상대할 수 있을지 의문이었다.

그런데 난쟁이는 무명의 협박을 진짜로 받아들이고 겁에 질려 도망을 친 것이었다.

결국 중요한 실마리는 알아냈지만, 상황은 하나도 변한 게 없었다.

무명이 자신의 처지가 한심해서 중얼거렸다.

"자객 수장이 돌아오기를 기다리는 수밖에 없는 건가?"

그때였다.

쿠웅!

문밖에서 큰 소리가 났다. 사람이 쓰러지는 소리였다.

무명은 난쟁이가 자객 무리에게 봉변을 당한 게 아닐까 생각했다.

그런데 전혀 뜻밖의 상황이 벌어졌다.

챙챙챙! 이번에는 검과 검이 부딪히는 소리가 들렸다. 난쟁이는 검을 갖고 있지 않았다. 그렇다면 누가 자객 무리와 싸우고 있는 것일까?

곧 검성(劍聲)의 주인이 누구인지 밝혀졌다. 그림자 하나가 문을 열고 방 안으로 들어왔던 것이다.

"무명, 괜찮아요?"

자객 무리의 방어를 뚫고 무명을 찾아온 자는 다름 아닌 송연화였다.

무명이 고개를 끄덕이며 대답했다.

"나는 괜찮소."

"늦지 않았군요."

송연화가 무명이 해를 입지 않아서 다행이라는 듯 말했다. 하지만 무명은 그녀가 늦었다고 생각했다. 송연화가 차 한 모금 삼킬 시간만 빨리 왔더라도 난쟁이를 붙잡을 수 있었을 테니까.

하지만 그녀에게 그것까지 바라는 것은 무리였다. 무명을 구하러 온 것만으로도 송연화에게 감사해야 할 일이었다.

스슥. 송연화가 검을 들어 무명을 포박한 밧줄을 잘랐다. 가볍게 검을 휘두른 것 같았는데, 어른 손가락보다 굵은 동아줄이 머리카락처럼 끊어졌다.

무명이 물었다.

"밖에 지키는 자들은?"

"걱정 말아요. 다 처치했어요."

"혹시 객잔에서 키가 어린아이만 한 난쟁이가 나가는 것을 보지 못했소?"

"난쟁이요? 못 봤는데요?"

역시……. 무명은 입술을 깨물었다. 난쟁이는 수장이 없는 틈을 타서 자객들에게 핑계를 대고 도망쳤을 것이다. 그리고 그와 송연화는 길이 엇갈렸던 것이리라.

그러나 아쉬워하고 있을 시간은 없었다. 일단 객잔을 탈출하는 게 중요했다.

"여길 나가죠."

무명과 송연화는 좌우를 살피며 문 밖으로 나왔다.

객실 복도는 어두컴컴했다. 몇 걸음 앞에 자객 두 명이 쓰러져 있었다.

송연화가 그들을 훌쩍 넘어가면서 말했다.

"신경 쓸 것 없어요. 못 일어날 테니까."

"……"

무명은 그들이 당분간 못 일어나는지, 아니면 영영 못 일어나는지 궁금했다. 송연화의 무공 수위라면, 전자에서 후자로 만드는 것쯤은 식은 죽 먹듯 쉬울 것이다.

둘은 어두운 복도를 지나서 계단을 내려갔다.

그런데 다음 층에 도착했을 때였다.

"조심해요!"

송연화가 무명의 등을 세게 밀치며 소리쳤다.

그 바람에 무명은 계단 맞은편의 벽에 몸을 부딪쳤다. 하마터면 발을 잘못 디뎌서 계단에서 굴러떨어질 뻔했다.

하지만 무명은 불평을 할 수 없었다.

쉭!

어둠 속에서 날아온 검이 무명의 목이 있던 곳을 가르고 지나갔기 때문이다.

만약 송연화가 밀치지 않았다면 무명의 목은 지금쯤 뎅굴거리며 계단을 떨어지고 있으리라.

자객은 무명을 놓치자 이번에는 송연화를 노리고 검을 찔렀다.

쉬익!

그러나 송연화의 신형이 섬광처럼 움직였다. 자객의 검이 찌른 것은 그녀가 이미 사라진 곳에 남아 있던 잔상(殘像)이었다. 번개처럼 자객에게 뛰어든 송연화가 그의 가슴 한복판에 일장(一掌)을 꽂아 넣었다.

펑!

자객의 몸이 낙엽처럼 붕 떠올라서 멀리 날아갔다. 복도 끝까지 날아간 자객은 벽에 등을 세게 부딪친 다음 앞으로 엎어졌다.

쿵!

그리고 다시는 일어나지 못했다.

둘은 자객을 물리치고 계단을 내려갔다.

다음 층에도 세 명의 자객이 쓰러져 있었다. 물론 송연화가 해치운 것이었다.

무명은 송연화의 무공 수위가 어느 정도인지 새삼 실감했다. 서고에서 그녀와 감히 몇 초식을 겨루었다니, 그때는 운이 좋아도 단단히 좋았다. 무명은 송연화와 싸우는 일은 반드시 피해야겠다고 생각했다.

문득 자객 무리의 수장이 떠올랐다.

무명이 날린 회심의 주먹을 어린애 손목 비틀듯이 간단히 제압했던 복면남. 그와 송연화 중 누구의 무공 수위가 높을 것인가?

무명은 그 물음에 대답할 수 없었다. 둘의 무공 수위는 무명이 추측할 수 없을 만큼 높은 경지에 도달해 있었다. 아마도 둘은 수백 초식을 겨룬 뒤에야 결판을 낼 수 있으리라.

어쨌든 자객 무리의 수장인 복면남이 없는 게 다행이었다. 그가 있었다면, 객잔을 탈출하는 것은 쉽지 않았을 것이다.

이윽고 둘은 객잔 일 층에 도착했다.

"더 방해할 자는 없는 것 같군요."

"갑시다."

무명과 송연화는 낡고 허름한 객잔을 뒤로하고 어둠 속으로 들어가 사라졌다.

어둠 속에서 추격해 오는 자객들의 기척은 느껴지지 않았다.

둘은 여유롭게 거리를 걸었다.

무명은 고개를 들어 하늘을 올려봤다.

어느새 하늘은 캄캄한 장막이 쳐져 있었다. 별들이 총총히 반짝였다. 자신이 잡혀 온 게 미시쯤이니, 적어도 다섯 시진 이상이 지나갔다는 뜻이었다.

송연화가 앞장을 서고 있었다. 밤하늘을 살피던 무명이 입을 열었다.

"관제묘로 가는 것이오?"

"그걸 어떻게 알았죠?"

송연화가 깜짝 놀라며 물었다. 무명이 설명했다.

"하늘에 떠 있는 북두칠성의 방향이 우리가 동쪽으로 가고 있다고 말하고 있소. 장청이 황궁에서 동쪽으로 한 시진 가면 관제묘가 있다고 했지."

"별을 보고 방향을 읽었군요. 맞아요. 관제묘가 창천칠조가 비밀리에 만나는 장소예요."

"개봉에서 헤어지고 한 달 뒤에 그곳에서 다시 만나자고 약조했소."

"그렇군요."

마침, 자객 무리가 무명을 납치했던 객잔도 황궁의 동쪽에 있었다. 관제묘와 그다지 멀리 떨어지지 않은 곳이었다.

객잔을 탈출한 지 반 시진도 안 되어서 둘은 관제묘에 도착했다.

"당신을 납치한 무리가 도성의 객잔을 찾고 있을지 몰라요. 오늘 밤은 여기 관제묘에서 묵은 뒤 내일 아침 황궁으로 돌아가요."

"좋은 생각이오."

삼국시대 촉나라의 명장 관우의 위패를 모신 사당, 관제묘.

중원 대도시의 초입에는 관제묘가 있는 경우가 흔했다. 무신(武神) 관우가 복운을 가져오고 악귀를 물리친다는 세속의 믿음 때문이었다.

무명과 송연화가 막 관제묘로 들어갈 때, 투두둑 소리와 함께 빗방울이 떨어지기 시작했다. 둘은 서둘러서 안으로 들어갔다.

둘이 관제묘에 들어가자마자 기다렸다는 듯이 비가 쏟아졌다.

쏴아아아.

소나기로 변한 비는 금세 그칠 것 같지 않았다.

무명은 문득 의아한 점이 생각났다. 그가 송연화에게 물었다.

"한 가지 이해되지 않는 게 있소."

"뭔데요?"

"자객 무리가 나를 잡아간 사실을 어떻게 알았소? 또 객잔의 위치는 어떻게 안 것이오?"

무명의 눈빛이 송연화를 차갑게 쏘아봤다.

송연화의 도움에 힘입어 객잔에서 탈출한 무명.

하지만 무명은 그냥 넘어갈 수 없는 일이 있었다. 그가 차가운 눈빛으로 물었다.

"내가 자객 무리한테 잡혀간 사실을 어떻게 안 것이오?"

쏴아아아.

한두 방울 떨어지던 비가 어느새 소나기로 바뀌어 있었다.

뜻밖에도 송연화는 추궁받는 자답지 않게 피식 웃으며 대답했다.

"그게 궁금했나요?"

"그렇소."

"별것 아니에요. 해답은 이거예요."

그녀가 품에서 흰색 가루가 들어 있는 봉투를 꺼내 보였다.

"실은 서고에서 만난 날, 당신 신발에 이 가루를 묻혔어요."

"가루?"

"그래요. 이 가루는 한번 묻으면 일주일 이상 지워지지 않아요. 뿐만 아니라 몸을 움직일 때마다 가루가 한 점씩 바닥에 떨어져요. 사람 눈으로는 가루를 구별할 수 없지만, 이걸 뿌리면 얘기가 달라지죠."

그녀가 이번에는 작은 병을 꺼냈다. 병뚜껑을 열자, 안에는 투명하고 아무 냄새도 나지 않는 액체가 들어 있었다.

"이 시약을 뿌리면 가루가 빛이 나요."

그녀가 병을 들어 무명의 신발에 액체를 한 방울 뿌렸다. 그러자 신발 뒤축 부분이 하늘에 총총히 뜬 별처럼 반짝이기 시작했다.

"오늘, 아니, 벌써 어제가 되었군요. 서고에 들어갔는데 당신 모습이 보이지 않았어요. 학사도 당신이 말없이 사라졌다고 했죠. 그런데 서고 뒷문에 사람들의 발자국이 있더라고요. 시약을 뿌리자, 당신 흔적이 드러났어요."

"가루가 빛나는 곳을 찾아 시약을 뿌리면서 내 행방을 좇아왔다. 그러다가 객잔을 발견해서 자객 무리를 해치우고 나를 구했다. 그런 얘기요?"

"맞아요."

"처음 만난 날 몰래 가루를 묻혀두었다니, 나를 믿지 않았다는 뜻이군."

무명이 차갑게 추궁했다.

그러나 송연화는 어깨를 으쓱하며 반문하는 것이었다.

"피차 마찬가지 아닌가요? 당신도 무림패만으로는 나를 믿지 않았을 텐데?"

"……"

무명은 입을 다물고 침음했다.

그녀의 말이 옳았다. 둘은 서로에게 무림패를 보였지만, 각자 다른 생각을 하며 서로를 완전히 믿지 않았다.

하지만 무명은 그녀를 탓할 수 없었다. 그녀가 무명을 추적해 준 바람에 자객 무리에게서 도망치지 않았는가.

송연화가 말했다.

"솔직히 말하죠. 가루를 묻힌 것은 물론 당신을 감시하기 위해서예요. 그런데 그게 당신을 위험에서 구하게 될 줄은 꿈에도 몰랐군요."

"그 점은 고맙게 생각하오."

무명은 고개를 숙이며 감사의 뜻을 표했다.

그때 문득 스치는 생각이 있었다.

"그 가루와 시약은 당호의 솜씨요?"

송연화가 깜짝 놀란 눈으로 반문했다.

"그걸 어떻게 알았죠?"

"곤륜파 같은 명문정파가 그런 가루와 시약까지 제조하는 경우는 드물지. 그런 약품을 제조하기로 유명한 곳을 꼽자면 단연 사천당문이오. 마침 창천칠조에는 사천당문의 후기지수인 당호가 있소."

"소림사에서 무림패까지 받았으니, 당호와도 이미 구면이겠군요. 맞아요. 당호에게 받은 것이에요."

무명은 고개를 끄덕이며 그녀의 말을 들었다. 그러다가 갑자기 정곡을 찌르는 말을 꺼냈다.

"나를 감시한 것도 구한 것도 실은 한 가지 이유 때문이 아니오?"

"뭘 말하려는 거죠?"

"몰라서 묻소? 망자비서가 아니면 무엇이겠소?"

"……."

송연화가 멈칫하며 입을 다물었다.

역시. 무명은 생각했다. 그녀가 황궁에 잠행한 이유도 망자비서를 찾기 위한 것이었다.

"나를 구한 이유도 망자비서가 자객 무리의 손에 넘어가는 일을 막기 위해서였겠지. 아니오?"

"그래요. 나도 망자비서를 찾고 있어요. 하지만 그 이상은 무림맹의 밀명이라 말할 수 없어요."

그녀가 사실대로 말하자, 무명도 더는 추궁하지 않았다.

"괜찮소. 피차 마찬가지니까."

"그럼 망자비서를 찾는 일은 서로 돕기로 하는 게 어때요?"

"좋소."

둘은 서로를 보며 피식 웃음을 터뜨렸다. 또 어떤 비밀 명령이 있는지 몰라도, 둘은 서로 같은 편이라는 것을 확인했다.

하지만 무명은 망자비서에 대해 자신이 알아낸 것을 모두 말하는 것은 피했다.

그는 생각했다.

'아직 때가 이르다. 기억이 완전히 돌아온 다음에 밝혀도 늦지 않다.'

혁낭에는 서고의 지도가 들어 있었다. 즉 자신은 무림맹의 밀명을 받기 전에 이미 망자비서를 찾아 황궁에 잠행 중이었다. 그 이유가 무엇인지 알기 전까지는 지도의 존재를 그녀에게 말할 수 없었다.

그러고 보니 이상한 점이 있었다.

바로 자객 무리의 행동이었다.

자객이 무명을 납치한 게 미시쯤이니, 무명이 깨어나기까지 반나절의 시간이 걸린 셈이다. 그런데 무명의 품속에는 서고 지도와 무림패 등이 그대로 남아 있었다.

무명은 의아했다. 자객 무리는 왜 무명의 품을 조사하지 않았을까? 어차피 고문해서 심문할 테니, 그럴 필요가 없다고 생각했던 것일까?

게다가 심문을 앞두고 자리를 비운 수장의 행동도 이해가 되지 않았다.

결국 자객 무리의 정체는 모든 게 수수께끼로 남았다.

그칠 줄 모르던 빗소리가 어느새 잦아들어 있었다. 잠깐 지나가는 소나기인 모양이었다.

무명이 생각에 잠겨 있을 때, 송연화가 말했다.

"어디 다친 곳은 없나요?"

"밧줄에 포박되어서 손발이 저리군. 그것 말고 다친 곳은 없소."

"혹시 몰라요. 내상(內傷)이 없는지 확인해야 돼요."

송연화는 막무가내로 무명을 가부좌를 틀고 앉게 했다. 그런 다음 등 뒤로 돌아갔다.

그녀가 양손바닥을 무명의 등에 갖다 댔다.

"천천히 운기조식을 해요. 숨을 급하게 내뱉거나 마셔서는 안 돼요."

"알았소."

무명은 시키는 대로 했다. 곧 그녀의 손바닥을 통해 뜨거운 기운이 들어왔다.

그때였다.

"앗!"

송연화가 낮게 신음을 흘렸다. 그녀는 잠시 양손을 부르르 떠는가 싶더니, '하앗!' 하고 기합을 지르면서 무명의 등에서 손을 뗐다.

무명은 영문을 알 수 없어서 뒤를 돌아보며 물었다.

"무슨 일이오?"

뜻밖에도 송연화는 얼굴에 식은땀을 흘리며 가쁘게 숨을 몰아쉬고 있었다.

"허억, 허억……. 당신, 명문정파 사람이 맞나요?"

무명은 할 말이 없었다. 명문정파는 고사하고, 기억을 잃어서 자신의 이름조차 모르는 판이 아닌가.

무명이 대답이 없자, 송연화는 심호흡을 하며 숨을 고르고 말했다.

"당신, 사술을 익혔나요?"

"사술(邪術)?"

"그래요. 당신… 내상을 입었는지 확인하려 했는데, 내 내력이 빨려 들어가는 기분이었어요."

무명은 자신의 처지를 솔직하게 밝혔다.

"실은 나는 과거 기억이 하나도 없소. 기억을 잃어버렸단 말이오. 무명이란 이름도 가명이오."

"기억을 잃었다고요?"

"그렇소. 내가 명문정파의 사람인지, 아니면 흑도에 몸을 담았는지 나도 알지 못하오. 내가 사술을 익혔는지조차 전혀 모르겠소. 지금 일은 미안하오. 그저 몸이 기억하고 있는 대로 반응했을 뿐이오."

"그 사실을 맹주님도 아시나요?"

"물론이오."

무명의 말이 의외였는지, 송연화는 잠시 침음했다.

그러다가 고개를 끄덕이며 입을 열었다.

"알았어요. 일단 그 말을 믿죠."

송연화가 그렇게 말하자, 무명도 더는 할 말이 없었다.

하지만 그는 알고 있었다. 송연화가 거짓말을 했다는 사실을.

'그녀는 당신의 내력을 시험했다고 말하려다가 말을 바꾸었다.'

그랬다. 무명이 내상을 입었는지 확인하자는 말은 핑계였다. 송연화는 단지 그의 내공 수위를 시험해 보려고 했다. 그런데 무명의 몸으로 내력이 빨려 들어가자 화들짝 놀라며 양손을 떼었던 것이다.

무명은 그 이유를 잘 알고 있었다.

'텅 빈 그릇이나 마찬가지인 단전에 내공진기를 불어넣었으니, 밑 빠진 독에 물 붓는 것처럼 내력이 흘러들어 갈 수밖에.'

그러나 그 얘기는 송연화에게 말하지 않았다.

소림사 방장 무혜도, 창천칠조 송연화도 무명의 내공 수위를 시험하고자 했다. 아무 언급도 하지 않고 의도를 몰래 숨긴 채로.

무명은 강호에서 아무도 쉽게 믿어서는 안 된다는 사실을 새삼 실감했다.

송연화가 품에서 벽곡단을 꺼내 내밀었다.

"먹어요. 오늘 밤은 아무래도 여기서 보내야 할 것 같군요."

"자객 일당이 우리를 찾고 있을지 모르니, 도성 안의 객잔에서 묵는 것은 무리겠군."

"내일 아침에 황궁으로 돌아가죠."

무명과 송연화는 벽곡단을 입에 넣고 씹었다.

곡식 가루, 대추, 밤 등을 개어서 둥글게 뭉쳐 만든 벽곡단. 무명은 물도 없이 벽곡단을 씹고 있자니 목이 메였다. 하지만 아침 식사 외에 아무것도 먹지 못한 그는 거친 벽곡단이 꿀맛 같았다.

"잘 먹었소."

벽곡단을 다 먹은 무명은 사당 구석진 곳으로 갔다. 넓은 곳은 송연화에게 양보하고 그는 구석의 나무 바닥에서 잠을 청할 생각이었다.

송연화도 강호인인 만큼 노숙하는 게 익숙한 듯 보였다.

"그럼 잠깐 눈을 붙이죠."

내력을 써서 그런지 그녀의 얼굴이 살짝 붉어져 있었다.

그러고 보니, 송연화는 궁녀 차림이 아니라 청의를 걸치고 있었다.

하지만 평범한 청의도 그녀의 미모를 가리지는 못했다. 어둠 속에서 그녀가 눕기 위해 머리를 틀어 묶는 그림자를 보자, 무명은 자기도 모르게 가슴이 뛰는 것을 느꼈다.

무명이 무슨 생각을 했는지 피식 웃으며 고개를 저었다. 그는 나무 바닥에 옆으로 눕자마자 금세 잠이 들었다.

그런데 잠시 후, 그녀의 목소리가 귓가에 들렸다.

"일어나세요."

무명이 깜짝 놀라서 눈을 떴다.

주위가 환해져 있었다. 방금 눈을 감은 것 같은데, 어느새 아침이 되어 있었다.

"입궁할 시간이에요. 황궁으로 가죠."

송연화는 언제 일어났는지 청의를 벗고 궁녀 복장으로 갈아입은 뒤였다. 귀비가 부리는 궁녀 복장인 만큼, 송연화의 모습은 지난밤보다 화려했다. 하지만 무명은 청의를 걸친 쪽이 그녀의 미모가 더욱 빛난다고 생각했다.

무명은 지난밤이 마치 스쳐 지나간 꿈처럼 느껴졌다.

둘은 황궁으로 돌아왔다.

무명이 처소에 오자, 마침 소행자가 세숫물과 식사를 가지고 왔다.

그는 세수를 한 다음 아침 식사를 했다. 하루 만에 먹는 제대로 된 밥. 그런데 어찌 된 영문인지 어제 관제묘에서 씹던 벽곡단이 더 맛있던 것 같았다.

아침을 먹은 무명은 침상으로 갔다. 반나절 넘게 밧줄에 포박되어 있었던 데다 관제묘에서 고작 한 시진 쪽잠을 잤으니, 온몸이 쑤시고 피곤했다.

그런데 그가 막 침상에 누울 때였다.

"장 공공, 기침하셨습니까?"

왕직이었다. 무명은 내공진기를 끌어모아 그에게 일초식을 날리고 싶었다.

"정혜귀비께서 찾으십니다."

"귀비께서 이른 아침에 나를 찾으신다고? 왜?"

"그거야 알 수 없습죠, 헤헤헤."

무명은 왕직도 귀비도 꼴 보기 싫어졌다. 하지만 왕직은 무명의 심정을 눈치채지 못하는지 실실거리며 아첨을 했다.

"귀비께서 이처럼 장 공공을 총애하시니, 곧 좋은 소식이 있을 겁니다!"

그 말에 무명은 속으로 일갈했다.

네놈도 손에 은자가 떨어질 소식을 기다리고 있겠지!

어쨌든 왕직의 아첨이 황궁 잠행에 도움이 되는 것은 사실이었다. 무명은 그에게 은자 몇 푼을 찔러준 뒤 귀비의 처소로 향했다.

무명이 영녕궁에 도착했을 때, 그를 맞이한 궁녀는 뜻밖에도 송연화였다.

"드시지요. 귀비께서 기다리십니다."

송연화는 무명을 보고도 얼굴빛이 전혀 바뀌지 않았다. 마치 어제 관제묘에서의 일을 하나도 기억 못 한다는 듯이.

무명도 그녀를 모르는 체하며 목례를 했다.

대청에 들어서자, 발 너머로 귀비의 그림자가 보였다. 무명이 부복을 했다.

"소신 장량. 명을 받고 왔습니다."

"이제 왔느냐?"

그런데 귀비가 누군가에게 말하는 것이었다.

"저자의 얼굴을 기억해 두어라. 내가 아끼는 환관이다."

"예."

곧 누군가가 대청 옆을 돌아 나왔다. 관복을 입은 남자였다.

귀비가 무명을 소개하기 위해 심복을 부른 것이었다. 심복에게 무명을 보여줄 정도이니, 이유는 몰라도 귀비가 무명을 단단히 마음에 들어 하는 것이리라.

관복을 입은 남자가 말했다.

"고개를 들어라. 네가 장량이라는 환관이냐?"

"소신 장량, 공을 뵙습니다."

순간, 고개를 들던 무명은 하마터면 비명을 지를 뻔했다.

관복을 입은 남자는 처음 보는 얼굴이었다. 하지만 무명이 놀란 이유는 그의 얼굴 때문이 아니었다.

그자는 오른손이 없는 외팔이였다.

6장.

망자비서의 행방

무명은 비명이 터지려는 목구멍을 꾹 틀어막았다.

귀비의 심복, 관복을 입은 남자는 오른손이 없는 외팔이였던 것이다.

무명의 머릿속에 어제 있었던 일이 번개처럼 스쳐 지나갔다.

감히 황궁 서고에 침입해서 무명을 납치했던 자객 무리. 그들의 수장은 왼손만 닳은 장갑을 끼고 있었다. 무명은 그때 수장의 오른손이 의수라는 사실을 알아차렸다.

즉 자객의 수장은 오른손이 없는 외팔이였다.

그리고 지금 무명의 눈앞에 그가 위풍당당한 자태로 서 있는 것이었다.

이제 무명은 자객 수장이 왜 복면을 쓴 것도 모자라서 의수와 장갑까지 끼고 있었는지 이유를 깨달았다.

자신이 귀비의 심복이라는 사실을 감추기 위해서였다.

또한 무명의 눈을 속이기 위해서.

"네 이름이 장량이라고 했냐?"

"그렇습니다."

"알았다. 기억해 두지."

자객 수장의 목소리는 거친 사내처럼 우렁차고 힘이 있었다.

그 목소리를 들은 무명은 자기도 모르게 피식 웃을 뻔했다. 지난밤, 객잔에서는 비천한 고문사 난쟁이한테도 정중하게 예의를 갖추던 자객 수장. 그런 그의 목소리가 하룻밤 새에 백팔십도로 바뀌어 있는 게 아닌가?

무명은 생각했다.

'연기 한번 대단하군.'

그의 연기는 마치 석일객잔에서 보통 사람인 척을 해서 창천칠조를 속인 구자개 같았다.

그러고 보니, 석일객잔에서의 경험이 떠올랐다.

이강은 망자를 상대할 때 희로애락의 감정을 보이지 말라고 했다. 그때 무명과 창천칠조는 망자에게 들키지 않으려고 무표정을 유지하느라 진땀을 뺐다.

그리고 무명은 지금 무표정을 가장한 채 자객 수장과 시선을 마주하고 있는 것이다.

무명의 눈빛에는 한 점의 흔들림도 없었다. 망자를 상대하던 경험이 평소에도 도움이 될 줄은 그는 꿈에도 몰랐다.

자신의 정체를 속이려 하는 자객 수장.

그의 정체를 눈치챘다는 사실을 속여야 하는 무명.

다행히 자객 수장은 별다른 의심이 들지 않는지 무명에게서 시선을 돌렸다.

그가 귀비를 돌아보며 말했다.

"이 환관은 어떻게 찾아내셨습니까?"

그의 말이 의미심장했다. 하지만 귀비는 말속에 숨은 뜻은 모르는지 태연히 대답했다.

"이자가 곽평의 후임으로 왔다고 해서 알았다."

"그러셨군요."

자객 수장이 무명을 흘깃 보면서 미소 지었다. 무언가 꿍꿍이가 있는 미소였다.

무명은 한 가지 풀리지 않는 궁금함이 있었다. 자객 수장이 어떻게 황궁에, 그것도 귀비의 처소까지 들어왔냐는 것이었다.

뜻밖에도 궁금함은 쉽게 풀렸다.

"그럼 이만 물러가보겠습니다."

자객 수장이 귀비에게 인사를 하더니, 무명을 돌아보며 말했다.

"입출궁 시에 어려운 일이 있거든 내 이름을 대라. 귀비께서 총애하는 자라고 하니, 편의를 봐주마."

"감사합니다."

무명은 무슨 뜻인지 몰라 일단 감사의 뜻을 고했다.

그런데 귀비의 뒤에서 환관 수로공이 음산한 목소리로 이렇게 말하는 것이었다.

"그분이 누구인 줄 아는가? 황궁 금위군의 총대장님이시다."

"……!"

무명은 그야말로 깜짝 놀랐다.

하지만 이번만큼은 놀란 표정을 숨기지 않아도 됐다. 금위군 총대장이 일개 환관의 편의를 봐주겠다는 말을 했으니, 다른 자들이 볼 때 무명이 놀라는 것은 당연했던 것이다.

무명이 놀란 기색을 지우며 황급히 고개를 조아렸다.

자객 수장, 아니, 금위군 총대장은 그런 무명을 거들떠보지도 않고 처소를 나갔다.

무명은 고개를 숙인 채 생각했다.

'도둑놈이 실은 집주인인 셈이었군.'

그랬다. 자객 수장이 황궁에 들어올 수 있었던 이유는 그가 금위군 총대장이기 때문이었다.

무명은 그가 어떻게 황궁 서고에 침입했을지 머릿속에 환히 그려졌다.

금위군 총대장의 명으로 아무도 서고에 출입하지 못하게 막는다. 그런 다음 어딘가에서 복장을 바꿔 입고 금위군에서 자객으로 탈바꿈한다. 다른 자객 무리도 금위군 부하였을 가능성이 높다. 그는 기절한 무명을 가마 같은 것에 태워서 황궁 밖으로 실어 날랐을 것이다.

금위군 총대장의 명을 받고 황궁을 나서는 가마.

감히 누가 그 안을 살피려 하겠는가?

황궁의 내원은 환관과 궁녀 외에는 아무도 출입할 수 없었다. 하지만 예외가 있었으니, 바로 금위군이었다.

관복을 입은 남자가 영녕궁에 있었던 까닭은 그래서였다.

무명이 생각에 잠겨 있을 때, 귀비가 말했다.

"다시 부를 때는 준비를 해두어라."

준비? 무명은 귀비가 무슨 뜻으로 한 말인지 알 수 없었다. 뜬금없이 준비라니?

그러나 무명이 물어볼 틈도 없었다. 귀비는 여느 때처럼 말을 마치기가 무섭게 횅 하니 몸을 돌려서 안으로 들어가 버렸다.

무명은 수로공에게 고개를 숙여 인사한 다음 영녕궁을 떠났다.

송연화와는 끝까지 서로 아는 척을 하지 않았다.

처소에 돌아오자 무명은 곧바로 왕직을 불렀다.

왕직을 부른 이유는 물론 금위군 총대장에 대해 묻기 위해서였다.

"금위군 총대장은 어떤 사람이냐?"

왕직이 뜨악한 얼굴을 하며 대답했다.

"금위군 총대장이요? 말도 마십시오. 엄한 군령으로 금위군을 틀어잡은 맹장입니다."

그 말에 무명은 속으로 쓴웃음을 지었다.

'자객 수장을 연기할 때는 정중하게 예의를 갖추더니, 금위군 총대장을 연기할 때는 군령을 엄하게 지킨다고? 이강이 들으면 미친 듯이 웃어젖힐 얘기군.'

금위군 총대장의 위선적인 행동이 나중에 이강에게 들려줄 만큼 우스웠던 것이다.

왕직이 신바람을 내며 말을 이었다.

"당금 황궁의 안주인이 정혜귀비라는 말씀은 이미 드렸습죠? 한데 귀비의 심복이 누구인지 아십니까?"

"금위군 총대장이 아닌가?"

"어라? 이미 알고 계셨군요. 맞습니다. 날아가는 새도 떨어뜨린다는 금위군도 귀비가 접수한 셈이지요."

왕직의 설명은 다음과 같았다.

현재 금위군의 총대장은 무당파의 속가제자인 청일이었다.

"무당파에서 금위군 총대장을 내었으니, 황궁에서 사는 저

희들이야 마음 편히 잠잘 수 있게 되었죠."

"……."

무명은 다시 한번 속으로 쓴웃음을 지었다. 그 금위군 총대장이란 자가 자객 무리를 이끌고 황궁 서고에 침입했다는 사실을 왕직이 듣는다면 무슨 표정을 지을까?

왕직은 어디서 들었는지, 강호 사정에도 귀가 밝았다.

"아시다시피 무당파는 강호의 명문정파이지 않습니까? 특히 총대장은 금위군에 들어오기 전부터 검술이 고명한 것으로 이름이 높았죠."

무명은 지하 감옥에서 이강이 거한에게 했던 말을 떠올렸다.

"무당삼검(武當三劍) 중의 하나인 추풍검 청일이 아닌가?"

"장 공공도 알고 계시는군요."

왕직의 말에 따르면, 무당삼검은 다음과 같았다.

칠성검(七星劍) 청명. 그는 무당삼검인 동시에, 흑랑성에서 실종된 무림삼성의 한 명이었다.

우중검(雨中劍) 청운. 창천육조의 일원인 그는 사형처럼 흑랑성에서 실종되었다.

그리고 마지막, 추풍검(秋風劍) 청일.

당금 무당파가 강호에서 위명이 높은 것은 무당삼검의 공이 컸다. 그런데 불과 몇 년 사이에 무당삼검 중 두 명이 흑랑성에서 실종되는 바람에 타격이 컸다.

이후 무당파는 흑랑성에 관계된 일에서 손을 뗐다. 그리고 관과의 연줄을 더욱 깊게 만들기 시작했다.

노력은 결실을 거두었다. 무당파에서 금위군 총대장을 내게 된 것이다.

"총대장뿐 아니라 금위군의 많은 수가 무당파와 관계된 자들로 채워졌습니다."

무명은 전후 사정을 짐작할 수 있었다.

중원 무림의 양대산맥은 단연 소림사와 무당파라고 할 수 있었다.

그런데 무당파가 관과 연줄을 만드는 데 소림사를 훌쩍 앞서 버리게 되었다. 게다가 명문정파의 위세는 예전만 못했다. 사정이 그러니, 소림사와 제갈세가를 제외하면 다른 명문정파와 유명세가는 무림맹 회의에 아무도 참가하지 않은 것이었다.

화무십일홍. 붉은 꽃은 열흘을 가지 않는다.

강호에서 위세를 떨치는 것도 세상 만물처럼 한낱 덧없는 것이었다.

당금 강호는 아무도 세상 돌아가는 걱정을 하지 않았다.

망자가 창궐한다는 소문이 돌아도 그저 다른 자들의 사정일 뿐이었다. 명문정파와 유명세가는 출셋길에 줄을 서기 바빴다.

그것이 무명이 깨달은 작금의 강호였다.

무명은 얘기를 마친 왕직에게 은자를 찔러준 뒤 돌려보냈다.

외팔이 검객 청일.

왕직의 말을 듣자면, 그는 무당파에 들어오기 전부터 오른손이 잘려서 없었다고 한다. 그렇다고 왼손잡이인 것도 아니었다.

무당파에 입문한 지 십여 년 뒤, 그는 한쪽 손이 없는 몸으로 무당삼검의 이름을 얻었다. 즉 무당파에서 검으로는 세 손가락에 꼽히는 고수가 된 것이다. 또한 몇 년 뒤에는 금위군 총대장에 임명되는 권세까지 얻었다.

그야말로 세상 모든 것을 왼손 하나로 거머쥔 셈이었다.

그런데 권력의 정점에 선 그가 무슨 이유로 일개 환관인 무명을 납치했다는 말인가?

무명은 그 이유가 단 하나밖에 없다고 생각했다.

'망자비서'.

소림 방장 무혜는 망자비서가 황궁 어딘가에 있다고 말했다.

하지만 그 사실을 무림맹만 안다고 할 수는 없었다. 어쩌면 강호의 수많은 이가 망자비서를 노리고 황궁에 잠행하고 있을지도 모르는 일이었다.

서책을 찾기 위해 가장 먼저 향하는 곳은 서고다.

그런 참에 일개 환관인 무명이 귀비에게 서고에서 일하게 해달라고 청을 했다?

황궁에 있는 세작들 사이에 소문이 파다하게 퍼졌으리라. 그리고 소문을 들은 금위군 총대장 청일은 자객으로 가장하여 무명을 납치했던 것이다.

망자비서를 손아귀에 넣기 위해.

청일이 왜 망자비서를 원하는지는 알 수 없었다. 그러나 한 가지는 분명했다.

'그는 무림맹과 한편이 아니다.'

무명은 망자비서를 찾는 일을 더욱 조심해야겠다고 생각했다. 자칫 잘못하면 쥐도 새도 모르는 사이에 목숨이 끊어질 것이다.

아무도 모르게 지하 감옥에서 망자가 된 환관 곽평처럼.

무명은 신경이 곤두선 채 하루를 보냈다. 밤이 되어도 좀처럼 잠에 들지 못했다.

처음에는 처소 주변에 함정을 만들어놓을까 생각도 했다. 서고에서 두터운 서책이 쓰러지는 소리를 듣고 자객 무리의 위치를 알아냈던 것처럼.

하지만 소용이 없으리라.

청일은 금위군의 총대장이다. 그는 무명을 잡기 위해 황궁 서고에 침입까지 했다. 그런 그가 환관 처소에 부하들을 끌고 들어오는 것은 손바닥 뒤집듯이 쉬울 것이었다.

무명은 그가 왜 자신을 다시 납치해서 망자비서의 유무를 심문하지 않는지 이유를 깨달았다. 청일에게 무명은 부처님 손바닥 위의 손오공 같은 존재인 것이다.

마음만 먹으면 언제든지 처리할 수 있는 환관.

다행히 아무런 사고도 터지지 않았다. 다음 날도 별다른 일은 없었다.

그러는 사이 일주일이 지나갔다.

무명이 황궁 서고에서 일하는 날이 돌아온 것이다.

아침 일찍 일어난 무명은 오시가 되기만을 기다렸다. 오시가 다가오자 바쁜 걸음으로 문화전으로 향했다.

서고에 도착하자, 학사가 여느 때처럼 무뚝뚝한 얼굴로 무명을 맞이했다.

그는 일주일 전 무명이 서고에서 말도 없이 사라진 일에 대해 조금도 묻지 않았다. 그에게 무명은 없는 존재나 마찬가지였다. 평생 서고에 틀어박혀서 책만 읽다가 죽을 인생이었다.

"그럼 미시에 오지."

학사가 정리할 서책 수십여 권을 넘긴 뒤 가버렸다.

무명은 일주일 동안 청일이 자신을 그냥 놔둔 이유를 잘 알고 있었다.

'내가 망자비서를 찾기만을 기다리고 있겠지.'

무명이 서고에서 망자비서를 찾는 순간, 청일이 들이닥쳐서 망자비서를 빼앗고 무명을 처치해 입막음을 한다. 재주는 곰이 부리고 돈은 사람이 챙기는 셈이다. 청일에게 그보다 좋은 방법은 없으리라.

그렇다면…….

무명은 책장 샛길을 일부러 빙글빙글 맴돌았다. 천천히 책장을 훑어보며 걷다가, 갑자기 속도를 높여서 모퉁이를 홱 돌아가 모습을 감추기를 반복했다.

만약 미행을 당하고 있다면, 추격자들을 따돌릴 속셈이었다.

무명의 작전은 이랬다.

일단 푸른색 점이 찍힌 지점을 지나간다. 책장 앞에 도착해도 절대 걸음을 멈추지 않고 지나가면서 서책 제목을 하나씩 읽는다. 그렇게 서고를 빙빙 돌면서 조금씩 책장의 서책들을 확인한다.

그렇게 하면 책장의 위치를 들키지 않고 망자비서를 찾을 수 있으리라.

곧 책장이 있는 곳에 도착했다.

무명은 샛길을 지나가면서 흘깃 책장을 봤다.

순간, 무명의 두 눈이 크게 뜨였다.

책장에 꽂힌 서책들이 일주일 전에 본 것과는 전혀 다른 것들로 바뀌어 있었던 것이다.

무명이 신음을 흘리며 중얼거렸다.

"책장을 통째로 바꿔치기했군."

그랬다. 책장에 꽂힌 서책들은 일주일 전에 본 것과 하나도 같은 것이 없었다.

무명은 혹시나 싶어서 책장을 처음부터 끝까지 한 권도 빠짐없이 살폈다.

그러나 헛수고였다. 서책들은 급히 마련했는지 하나같이 반짝반짝 윤이 나는 새 책이었다. 일주일 전 봤던 모습과는 하늘과 땅만큼 차이가 났다.

책장의 서책들을 통째로 바꿔치기한 청일.

무명은 그의 계략에 처음부터 끝까지 농락당한 것이었다.

지난 일주일 동안 굳이 무명을 납치하지 않은 이유도 분명해졌다. 서책들을 천천히 하나씩 훑어보면 언젠가는 망자비서가 나올 테니까.

만약 그중에 망자비서가 없다면?

그때 가서 다시 무명을 잡아다가 심문하면 그만이리라.

무당삼검으로 강호에 이름 높은 고수이자, 금위군 총대장의 지위에 오른 청일.

청일은 아마도 중원에서 가장 출세한 사람일 것이다. 그런 자가 왜 망자비서를 손에 넣으려는 것일까?

무명은 그의 속마음이 궁금했다.

무림맹이 망자비서를 원하는 까닭은 망자를 퇴치하기 위해서다. 그럼 무림맹과 같은 편이 아닌 청일은 무슨 목적으로 망자비서를 원한다는 말인가?

문득 제갈성이 했던 얘기가 떠올랐다.

그는 소림사 방장실에서 무명과 이강을 앞에 두고 이런 말을 꺼냈었다.

'황족이나 고관대작 중에 망자의 우두머리가 있소.'

게다가 더욱 놀라운 말을 덧붙이기도 했다.

'어쩌면 황제일지도 모르오.'

그때 이강은 광소를 터뜨리며 웃음을 멈추지 않았다.

그러나 지금 무명의 얼굴은 미소는커녕 싸늘하게 가라앉아 있었다.

만약 청일이 망자라면? 아니, 꼭 그가 망자가 아니라도 상관없었다. 황궁을 자유자재로 드나들 수 있는 인물 중에 망자가 있다면? 게다가 그자가 망자비서를 얻는다면?

세상은 망자들의 손아귀에 떨어질 것이다.

그것만큼은 막아야 했다. 하지만 무슨 수로?

무명은 허탈한 마음으로 책장 앞을 떠났다. 그리고 학사가 시킨 서책 정리를 했다.

곧 미시가 되었다.

학사가 돌아왔을 때, 무명이 슬쩍 물었다.

"서고에 새 책이 들어왔습니까? 못 보던 서책들이 눈에 띄더군요."

학사가 흘깃 무명을 쳐다보더니 대답했다.

"잘 아는군. 일주일 전에 환관이 사람들을 끌고 와서 책장 하나를 통째로 갖고 갔네. 그리고 새 서책들로 책장을 채워 넣었지."

"환관이요?"

"그래. 얼굴이 음침한 자더군."

무명은 그 환관이 수로공이리라 짐작했다. 청일은 금위군 총대장이자 정혜귀비의 심복이다. 그가 귀비의 또 다른 심복인 수로공에게 서책들을 바꾸라고 명령했을 것이다.

일주일 전, 무명을 납치하자마자 바로 책장을 바꿔치기한 청일.

무명은 그의 용의주도함에 혀를 내둘렀다.

'그야말로 닭 쫓던 개 지붕 쳐다보는 꼴이군.'

무명은 청일의 계략에 놀아난 자신의 처지가 한심했다. 그러다가 무심코 학사에게 물었다.

"혹시 예전 책장에 어떤 서책들이 있었는지 아십니까?"

그런데 학사의 대답이 뜻밖이었다.

"알다마다. 모두 기억하고 있네."

"기억하신다고요?"

"물론이지. 과거에 급제하고 평생을 이곳에서 보냈는데, 그깟 책장 하나쯤 기억 못 하겠나?"

"그럼 어떤 서책들이 있었습니까?"

그 말에 학사가 눈썹을 찡그리며 고개를 저었다.

"책장 하나에 대략 오백 권 넘는 서책들이 꽂혀 있네. 그런데 그 서책들을 지금 일일이 다 말하라는 건가?"

"그렇군요."

잠깐 뜻밖의 횡재를 얻었다고 생각한 무명은 금세 들뜬 기분이 가라앉았다.

게다가 학사한테 서책 얘기를 듣는다고 해도 달라질 것은 없었다. 어차피 망자비서는 청일의 수중에 들어가 있으니까.

학사가 무심하게 말했다.

"다음에 올 때 책장에 무슨 서책들이 있었는지 기억해서 제목을 써주지."

"감사합니다."

무명은 학사의 말이 별 기대가 되지 않았다. 서책들을 한 권씩 들춰봐도 모자랄 판에 제목만 알아서 무엇을 한단 말인가?

그래도 아무 실마리도 없는 것보다는 낫겠다는 생각이 들었다. 무명은 학사에게 고개를 조아려서 감사의 뜻을 표한 뒤 서고를 떠났다.

무명은 처소로 돌아오자 소행자를 불렀다.

"장 공공, 찾으셨습니까?"

"그래. 왕직에게 가서 이렇게 전해라."

"무슨 말씀이신지요?"

"오늘은 절대 내 처소를 찾지 말라고 해라. 단단히 명을 했다고 전해야 한다.”

“알겠습니다.”

소행자는 침을 꿀꺽 삼키고 고개를 끄덕이더니 밖으로 뛰어나갔다.

무명은 모든 것을 잊고 푹 자고 싶었다.

청일에게 납치된 이후 일주일 동안 제대로 잠을 자지 못했다. 게다가 망자비서를 빼앗겼다고 생각하니, 몸도 마음도 불편했다. 때문에 왕직이 오지랖을 부리며 찾아올 일을 소행자를 시켜서 사전에 막은 것이었다.

무명은 침상에 대자로 드러누웠다.

그는 지금까지의 일을 하나씩 생각해 봤다.

청일은 과연 망자비서를 손에 넣었을까?

그렇다고도, 그렇지 않다고도 말할 수 있었다. 책장에 망자비서가 있다고 확신할 수 없었기 때문이다.

망자비서는 황궁 어딘가에 있다고 했지, 반드시 서고에 있다는 말은 없었지 않은가?

그렇다면 한 가지 의문이 생겼다.

만약 망자비서가 서고에 없다면, 무명이 갖고 있는 서고 지도는 무엇일까?

기억을 잃기 전 무명이 황가전장에 맡겨두었던 종이. 서고의 책장 위치를 도장 자국처럼 그려놓은 종이는 대체 무엇을 뜻하는 것인가?

꼬리를 물고 이어지는 의문이 한두 가지가 아니었다.

무명은 머릿속이 복잡해서 두 눈을 감았다. 그러다가 스르르 잠이 들었다.

얼마나 시간이 지났을까.

"장 공공, 일어나십시오."

누군가의 목소리를 듣고 무명은 눈을 떴다.

방 안이 캄캄해져 있었다. 잠깐 눈을 붙였나 싶은데, 어느새 밤이 된 것 같았다.

무명은 왕직이 와 있나 해서 화가 났다. 소행자를 시켜서 그렇게 말을 전했건만…….

그런데 문밖에서 들리는 목소리는 왕직의 것이 아니었다.

"일어나십시오. 정혜귀비께서 찾으십니다."

그 말에 무명은 정신이 번쩍 들었다. 귀비가 나를 찾는다고?

관복을 입은 채로 잠이 들었기 때문에 따로 옷을 갈아입을 필요는 없었다. 무명은 거울을 보고 머리를 단정하게 한 뒤 처소를 나갔다.

밖에는 웬 환관 한 명이 무명을 기다리고 있었다.

"귀비께서 찾으신다고?"

"네. 당장 가시지요."

그는 수로공의 수하인 것 같았다. 기분 나쁘게도 음침한 눈빛까지 닮아 있었다.

환관이 종종걸음으로 발 빠르게 앞장을 섰다. 잠이 덜 깬 무명은 비틀거리면서 그 뒤를 따라갔다.

환관은 내원으로 들어갔다. 그런데 그가 향한 곳이 귀비의 거처인 영녕궁이 아니었다.

그는 화원을 몇 개 지나치고 골목은 수없이 돌고 돌았다. 곧 넓은 화원 속에 숨겨져 있는 삼 층 건물이 나타났다. 무명이 처음 보는 곳이었다.

내원 깊숙한 곳이라서 그런지 금위군의 모습은 어디에도 보이지 않았다.

"드시지요."

환관이 활짝 열린 문을 가리키며 말했다.

무명은 불안한 마음을 안고 건물로 들어갔다.

건물 안은 바깥처럼 어두컴컴했다. 어둠 속에 환관과 궁녀들 몇 명이 고개를 조아린 채 서 있었다. 그들은 위로 올라가는 계단을 향해 일직선으로 늘어서 있었는데, 마치 무명을 이층으로 안내하는 것 같았다.

그들 중에 송연화도 있었다.

송연화는 이전처럼 무명을 아는 체하지 않았다. 그런데 무명이 그녀의 앞을 지나치는 순간, 그녀가 이상한 눈빛으로 무명을 한번 쳐다봤다.

무명은 무언가 안 좋은 일이 기다린다는 것을 느꼈다.

계단을 올라가자, 이 층에는 단 한 명의 환관이 있었다.

바로 수로공이었다.

"올라가게."

그의 목소리는 이전보다 더욱 음침하게 가라앉아 있었다.

무명은 혼자 계단을 올라갔다.

그런데 삼 층에 발을 들이는 순간, 무명의 두 눈이 크게 뜨였다.

일 층, 이 층이 어두컴컴했던 반면, 삼 층은 마치 석양이 질 때처럼 곳곳이 붉게 물들어 있었다. 등불에 붉은 종이를 둘러서 조명을 붉게 만든 것이었다. 또한 벽면마다 촛불이 줄을 이어서 불을 밝히고 있었다.

그리고 방 한가운데에 커다란 침상이 보였다.

무명의 허름한 침상을 대여섯 개 정도 합쳐야 될 만큼 넓은 침상. 침상은 사방이 붉은 비단 천으로 휘장이 드리워져 있어서 안이 보이지 않았다.

침상 안에서 누군가가 무명을 불렀다.

"왔느냐? 이리 들라."

목소리의 주인은 다름 아닌 정혜귀비였다.

무명은 어떻게 해야 될지 몰라서 멍청히 있었다.

"뭘 주저하느냐? 이리 오라니까."

황궁의 안주인이나 마찬가지인 귀비의 명을 환관이 거역할 수는 없었다. 무명은 천천히 다가가서 비단 천을 걷었다.

침상 안을 들여다본 무명은 그대로 몸이 굳어버렸다.

귀비는 하늘하늘한 천 옷을 걸친 채 침상에 옆으로 누워 있었다. 말이 천 옷이지 망사나 다름없었다. 때문에 귀비의 풍만한 몸매가 훤히 들여다보였다.

또한 손가락과 귀에 금은보화를 주렁주렁 매달고 있던 귀비가 지금은 아무것도 지니지 않고 있었다. 하지만 화장은 평소처럼 진하게 하고 있었다. 특히 입술이 핏빛처럼 빨갰다.

귀비의 시선이 무명의 전신을 천천히 훑었다. 촉촉하게 물기를 머금은 눈빛이었다.

"왜 그러느냐? 잡아먹힐까 봐 걱정되느냐?"

갑자기 귀비가 웃음을 터뜨렸다.

"아하하하! 두려워할 것 없다. 너는 사내가 아니라 환관이 아니더냐?"

"……."

무명은 그제야 귀비가 자신을 부른 이유를 깨달았다.

황제의 후궁인 비빈과 궁녀들은 평생을 황궁에서 산다. 그들 중 황제와 합궁을 하는 여인은 백 명에 하나도 되지 못한다. 나머지 아흔아홉 명은 평생 남자를 안아보지 못한 채 늙어가는 것이다.

사람으로서 자연스런 욕구를 풀지 못하고 살아가는 후궁과 궁녀들. 그들은 항상 색(色)에 굶주려 있었다. 황궁에서 환관을 쓰는 이유도 그래서였다. 정상적인 남자를 궁에 들였다가 궁녀들과 바람이 나는 것을 막기 위해서.

즉 귀비는 평소 쌓인 색기를 환관을 불러서 푸는 것이었다.

그런데 큰 문제가 있었다.

무명은 거세를 한 환관이 아니지 않은가?

양물이 멀쩡한 사내가 귀비의 침소에 들어서 방사를 치렀다? 그 사실이 발각되는 날에는 황궁 잠행이 문제가 아니라 목이 떨어지리라.

그때 귀비가 무명을 향해 펄쩍 뛰었다.

"이리 오라니까!"

무명은 깜짝 놀라서 뒷걸음질 쳤다. 그러자 귀비는 발을 걸어서 무명을 침상에 넘어뜨렸다.

귀비가 침상에 드리운 비단 천을 잡아서 무명의 목을 휘감았다.

그리고 무명의 목을 조르기 시작했다.

"크윽!"

무명은 숨이 턱 막혔다. 하지만 비단 천이 의외로 질겨서 손으로 찢을 수 없었다.

"아하하하! 더 몸부림쳐라! 더, 더!"

무명은 귀비가 왜 양물이 없는 환관을 잠자리에 부르는지 깨달았다. 그녀는 상대를 학대하면서 쾌감을 얻는 비뚤어진 성정의 소유자였던 것이다.

마치 지하 감옥에서 만났던 당랑귀녀처럼.

무명은 어떻게 해야 될지 알 수 없었다. 귀비를 밀치고 도망치면 죽음뿐이리라. 하지만 이대로 목이 졸려도 죽는 것은 마찬가지 아닌가.

그때였다.

목을 조르던 비단 천이 갑자기 느슨해졌다. 귀비가 한마디 신음을 흘리더니 침상에 쓰러졌다. 누군가가 귀비를 점혈해서 혼절시킨 것이었다.

무명은 송연화가 구해주었을 거라고 생각했다.

하지만 쓰러진 귀비의 뒤에서 나타난 그림자는 송연화가 아니었다.

"방사를 방해해서 미안하오."

귀비를 점혈해서 혼절시킨 그림자.

뜻밖에도 그림자의 정체는 금위군 총대장인 청일이었다.

"귀비의 총애를 받을 기회를 방해해서 미안하군."

그가 정중한 말투로 말했다.

청일은 금위군 총대장일 때는 거친 사내처럼 우렁찬 목소리로 말했다. 하지만 지금은 자객 수장을 행세할 때처럼 예의 바른 말투였다.

그는 더 이상 자신이 자객 수장이었다는 사실을 감출 생각이 없는 것이었다.

무명은 그게 무엇을 뜻하는지 알 수 있었다.

'오늘 밤 이곳에서 모든 일을 결판내려는 속셈이군.'

청일이 말했다.

"귀비는 기절했을 뿐이니 걱정 마라. 내일 아침까지 푹 주무실 테니까."

"……."

"아침에 일어나면 어젯밤 일은 까맣게 잊어먹고 있겠지. 귀비는 네가 잠자리 시중을 잘 치렀다고 생각하실 거다, 하하하."

청일은 잠시 웃음을 흘리다가 표정을 바꾸며 무명을 노려봤다. 그가 점차 본색을 드러내고 있었다.

"객잔에서는 잘도 도망쳤더군. 일개 환관이라고는 볼 수 없는 무공이었어."

"고작 일개 환관에게 당한 당신 부하들이 허접하다고는 생각 안 하오?"

"후후, 우문현답이로군."

무명은 존대를 하지 않고 맞받아쳤다. 이제 청일은 금위군 총대장이 아니라 자객 수장인 셈이니까.

"그럼 말 돌리지 않고 바로 묻지. 망자비서는 어디 있냐?"

"망자비서? 그건……."

무명은 망자비서가 있는 책장은 당신이 바꿔치기하지 않았냐고 말하려고 했다.

하지만 말이 막 나오려는 순간 입을 꾹 다물었다.

무명은 생각했다.

'책장을 가져갔으면서 왜 나한테 다시 망자비서가 어디 있냐고 묻는 거지?'

무명은 해답을 깨달았다. 청일은 아직 망자비서를 찾지 못한 게 틀림없었다.

그는 서책들 중 어느 것이 망자비서인지 알아내지 못했다. 아니면 아예 그중에 망자비서가 없었을지도 몰랐다.

그렇다면……. 무명은 침을 꿀꺽 삼켰다.

'망자비서가 어디 있는지 모른다고 말하면 안 된다.'

청일이 망자비서를 찾는 데 무명이 쓸모가 없다고 여긴다면? 무명의 목숨은 폭풍우 앞의 촛불 신세가 될 것이다.

그런데 무명은 한 가지 의문이 떠올랐다.

'왜 귀비 침소까지 들어왔을까?'

청일은 황궁을 자기 집처럼 드나드는 금위군 총대장이다. 그러니 이전처럼 무명을 객잔으로 납치해서 심문하면 그만 아닌가.

문득 떠오르는 생각이 있었다.

황궁에는 강호의 수많은 세력들이 세작을 침입시켜 놨으리라. 그런데 청일이 일개 환관을 계속해서 황궁 밖으로 데려간다는 것을 세작들이 눈치챈다면?

그가 망자비서를 손에 넣었다는 소문이 강호에 파다하게 퍼지리라.

즉 청일은 무명을 아무도 모르게 심문할 필요가 있었던 것이다.

자신의 금위군 부하들마저 모르는 곳에서 비밀리에.

그런 참에 귀비가 색욕을 참지 못하고 무명을 침소에 불렀다. 청일에게 이보다 더 좋은 기회는 없었으리라.

때문에 청일은 침소에 잠행해서 귀비를 점혈하고 무명을 심문하는 것이었다.

무명은 그 사실을 이용하기로 했다.

'귀비의 침소를 빠져나가자.'

일단 이곳을 탈출하면, 세작의 눈길을 피해야 되는 청일은 무명에게 함부로 손을 댈 수 없을 것이었다.

하지만 청일은 무명의 속마음을 읽고 있었다.

"여기만 나가면 안전하다고 생각하는 거냐?"

"……."

"네놈이 도망칠 곳은 없다. 황궁에 오래전부터 나도는 소문이 있지. 정혜귀비의 침소에 든 환관은 살아서 해를 보지 못한다. 알겠냐? 귀비의 손에 죽은 환관이 하나둘이 아니다."

청일이 침상 주위를 천천히 걸었다. 그리고 탁자에 놓여 있는 물건을 하나 집어 들었다.

"이게 뭔지 아냐? 사람 입을 억지로 벌리는 갈고리다."

그것은 보기에도 끔찍한 고문 도구였다.

청일이 계속해서 이것저것 물건을 들어 보였다. 톱날이 달린 가위, 날카로운 이빨이 난 집게, 끝이 기역 자 모양으로 꼬부라진 바늘 등등.

탁상에 놓인 물건들은 고문사인 난쟁이의 기물만큼이나 괴이했다. 귀비의 비뚤어진 성정은 환관의 목숨이 다하고서야 만족감을 느낄 정도였던 것이다.

청일의 말투에서 어느새 정중한 기색이 사라져 있었다.

"네놈은 어차피 오늘 밤 이곳에서 죽을 운명이었다. 여기서는 아무리 비명을 질러도 누구 하나 듣지 못한다. 내원 깊은 곳에 있어서 비명 소리가 들리지 않거든. 게다가……."

"비명을 들어도 금위군은 관여하지 말라고 명을 내렸겠지."

"잘 알고 있군."

무명이 말을 잘랐지만, 청일은 여유롭게 대꾸했다.

"좋다. 거래를 하자."

"거래?"

"망자비서가 있는 곳을 말하면, 목숨만은 살려주겠다."

"……."

무명은 잠시 침음하면서 청일의 제안을 생각하는 척했다.

그러나 그의 말은 전혀 믿지 않았다. 자신이 자객 수장이란 사실을 숨기려 들지 않는 청일. 그가 무명을 죽여서 입막음할 것이 불 보듯 뻔했기 때문이다.

최대한 시간을 끌어야 했다. 시간을 끌수록 살아날 가능성도 높아진다.

무명이 물었다.

"당신은 강호에서 무당삼검이라 불린다고 알고 있소. 강호 사정은 잘 모르지만, 중원에서 열 손가락 안에 드는 고수가 아니오?"

"후후, 열 손가락은 과찬이다. 이삼십 명 안에는 잘하면 들 수 있을지도 모르겠군."

"어쨌든 대단하오. 게다가 금위군 총대장의 지위에 올랐으니, 출세도 할 만큼 했지. 또한 당신은 정혜귀비의 심복이기도 하오."

"칭찬은 고맙다. 그런데?"

"귀비의 아들인 태자가 훗날 황제의 자리에 오른다면 당신은 황상의 오른팔이 되는 격이오. 게다가 강호의 명문정파인 무당파의 제자. 말 그대로 일인지하 만인지상(一人之下 萬人之上)의 몸이 되는 셈이오."

"그 말 한번 달콤하게 들리는군. 그래서 하고 싶은 말이 뭐냐?"

"그런 당신이 왜 망자비서를 손에 넣으려는 것이오? 대체 무엇이 부족해서?"

무명이 날카롭게 물었다.

무명의 물음이 일리가 있었는지, 청일은 잠시 침음했다. 그러다가 입을 열었다.

"너는 아침을 먹은 날, 저녁은 굶느냐?"

"무슨 뜻이오?"

"오늘 쌀밥을 먹으면 내일은 고기반찬을 먹고 싶은 게 사람이라는 뜻이다."

이번에는 무명이 입을 다물었다. 청일이 웃음을 흘리며 말을 이었다.

"몇 년 전부터 강호에 떠도는 소문이 있다. '망자비서를 가진 자, 천하를 얻는다.'"

"……."

"사내대장부로 태어나서 천하를 손아귀에 쥐어봐야 제대로 살았다고 말할 수 있지 않겠느냐? 하하하하!"

무명은 할 말을 잃었다. 천하에 부러울 게 없어 보이는 청일. 하지만 그런 자일수록 더욱 권력욕을 밝히는 게 세상의 진리라는 것을 새삼 실감했다.

광소를 터뜨리던 청일이 웃음을 싹 멈췄다.

그가 얼음처럼 냉랭한 목소리로 말했다.

"마지막으로 묻겠다. 망자비서는 어디 있느냐?"

최후통첩.

무명은 입술을 질끈 깨물며 생각했다. 실패했군.

무명이 말을 걸어서 끈 시간은 고작 차 한 잔 마실 새도 되지 못했다. 청일은 그가 시간을 끌려고 하는 의도를 이미 눈치채고 있었던 것이다.

청일이 왼손을 아래로 내려뜨리며 말했다.

"권주를 마다하고 벌주를 마시겠다면야 할 수 없지."

흑도 무리가 타인을 협박할 때 종종 입에 담는 말. 그는 일이 뜻대로 풀리지 않자 명문정파인이라는 가면을 벗어던진 것이었다.

청일이 무명에게 성큼성큼 다가왔다.

그때였다.

이 층으로 뚫린 계단 아래에서 그림자 하나가 불쑥 올라왔다.

청일이 고개를 홱 돌리며 물었다.

"누구냐?"

그림자는 정혜귀비를 모시는 궁녀였다.

"여기는 무슨 일이냐? 아무도 이곳에 발을 들이지 말라고 명했을 텐데?"

"저, 저 밑에서 지금……."

궁녀는 겁에 잔뜩 질린 창백한 얼굴로 좀처럼 말을 잇지 못했다.

"제대로 말해라. 밑에 무슨 일이 있다고?"

"그, 그러니까 죽은 시체가 걸어 다니고 있사옵니다……."

궁녀가 이를 딱딱 부딪치며 말했다.

무명은 깜짝 놀랐다. 걸어 다니는 죽은 시체? 망자가 틀림없었다. 눈앞에서 시체가 움직이는 모습을 봤으니, 궁녀가 혼비백산한 것도 당연했다.

하지만 이해되지 않는 것이 있었다. 황궁의 내원에 어떻게 망자가 들어올 수 있단 말인가?

청일이 어이가 없다는 듯 말했다.

“시체가 걸어 다닌다고?”

“네. 시체가 지금 사람들을 물어뜯으면서…….”

“그만! 네가 지금 제정신이 아니구나. 황궁은 으슥한 곳이 많아서 밤이 되면 너희가 무서워하는 것은 잘 알고 있다만, 지금 얘기는…….”

“지금 궁녀가 한 얘기는 모두 사실이오.”

무명이 청일의 말을 자르며 말했다.

“죽은 시체가 되살아난 것, 그게 바로 망자요.”

“…….”

청일은 잠깐 무명을 쳐다보다가 곧 웃음을 터뜨렸다.

“하하하하! 망자비서라는 말을 그런 식으로 해석하다니, 내가 네놈의 헛된 흉계에 넘어갈 줄 알았냐?”

“믿든 말든 상관없소. 궁녀 말대로 망자가 출몰했다면 지금 당장…….”

그때 계단 아래에서 두 개의 팔이 튀어나와 궁녀의 발목을 낚아챘다.

탁!

두 팔이 무시무시한 힘으로 궁녀를 잡아당겼다. 막 삼 층에 발을 올린 그녀는 철푸덕 엎어지더니 아래로 끌려갔다.

“아아악! 살려주…….”

순간, 청일이 공중에 몸을 띄웠다.

탓! 그의 신형이 넓은 침상을 단번에 붕 뛰어넘었다.

그대로 계단까지 날아간 청일이 손을 뻗어서 망자의 두 팔을 가볍게 두 번 쳤다. 툭툭. 그러자 망자의 두 손목이 반대 방향으로 꺾이면서 분질러졌다.

여느 때라면 무명은 그의 무위에 혀를 내둘렀을 것이다.

하지만 지금은 반대였다. 무명은 싸늘한 얼굴로 고개를 저었다.

뼈가 단숨에 박살 난 망자의 두 손목. 그러나 망자의 두 손은 궁녀의 발을 놓지 않았다.

궁녀의 발목에 손톱을 깊숙이 박은 망자의 두 손이 궁녀를 계단 아래의 어둠 속으로 끌고 내려가 버렸다.

"아아아아악……."

궁녀의 비명 소리가 길게 이어지더니 곧 멈췄다.

그제야 청일도 일이 잘못됐다는 것을 깨닫고 신음을 흘렸다.

"뭐 이런 게 다……."

"똑똑히 봤소? 저게 바로 망자요."

무명이 청일에게 말했다.

"이미 죽은 시체이기 때문에 손목이 분질러져도 고통을 느끼지 못하고 계속 움직이지. 망자비서를 찾으면서 정작 망자가 무엇인지 알지 못하다니, 아니, 망자가 어떤 존재인지 믿을 생각조차 하지 않다니, 참으로 우습군."

"……."

청일은 입을 다물며 침음했다.

그때, 계단 밑에서 다시 누군가의 그림자가 나타났다.

청일이 체면을 구긴 게 분통한지 말했다.

"좋다. 손발은 물론 목을 분질러도 움직이는지 한번 보자."

무명은 더 이상 청일을 막을 생각이 없었다. 그는 망자에게 단단히 한번 혼이 나봐야 될 것 같았기 때문이다. 아니, 청일 뿐 아니라 그동안 만난 강호인들은 하나같이 망자를 우습게 보지 않았는가.

그림자가 계단을 뛰어서 위로 올라왔다.

그런데 청일이 밑을 향해 막 손을 내지를 때였다.

무명은 무언가를 보고 정신이 번쩍 들어서 소리쳤다.

"청일, 멈추시오!"

진한 화장 속에서도 청수함이 빛나는 이목구비. 계단을 올라오는 자는 망자가 아니라 바로 송연화였던 것이다.

하지만 때는 이미 늦어 있었다.

청일의 손은 이미 송연화의 목을 부러뜨리려는 기세로 날아들고 있었다.

쉬쉬쉭!

청일의 손이 송연화의 목을 향해 날아들었다.

송연화는 깜짝 놀라서 몸을 피하며 청일을 상대하려 했다.

그때 청일의 두 눈이 이채(異彩)를 띠었다. 상대가 망자가 아니라는 사실을 알아차린 것이었다.

순간 청일이 입을 오므려 길게 휘파람을 불었다.

휘이이익!

그러자 분노를 담아서 출수한 청일의 손이 공중에서 방향을 트는 것이 아닌가?

있는 힘을 다해 내지른 청일의 왼손. 하지만 그는 마음을 진정시키듯이 휘파람을 불면서 초식을 회수한 것이었다.

무명은 이번에야말로 혀를 내둘렀다.

전광석화처럼 초식을 출수하는 것은 강호의 절정고수라면 누구나 가능할 것이다. 그러나 이미 펼친 초식을 허공에 힘을 흘리면서 거두어들이는 것은, 무공을 모르는 무명으로서도 감히 상상 못 할 장면이었다.

무명은 청일이 송연화보다 한수 위의 고수임을 직감했다. 자신이 본 강호인 중에서 오직 이강만이 그를 상대할 수 있으리라.

다시 보자, 청일은 태연한 얼굴로 뒷짐을 지고 있었다. 내가 언제 살심(殺心)을 품었느냐며 시치미 떼는 듯한 얼굴이었다.

"대체 무슨 일이냐?"

"큰일 났습니다. 지금 아래층에서 정체 모를 자들이 공격해 왔습니다."

"죽은 시체들 말이냐?"

"네? 네. 아마도……."

청일이 되묻자, 송연화가 말을 흘리며 대답했다.

그녀의 대답을 증명하듯이 계단 밑에서 연이어 비명 소리가 들렸다.

아아아아악…….

절대 믿을 수 없는 것을 본 자들이 지르는 단말마의 비명.

청일이 입을 다문 채 무명을 돌아봤다. 그 역시 상황이 만만치 않다고 느낀 것이었다.

그때 계단 밑에서 또 한 명의 그림자가 올라왔다. 환관 수로공이었다.

청일이 기가 막히다는 듯 말했다.

"너까지 자리를 지키지 않고 명을 거역하느냐?"

"총대장님, 어쩔 수 없었습니다. 밑에 수상한 자들이 들이닥쳐서 아비규환이……."

"그만 됐다."

청일은 큰일이 터진 것보다 황궁의 기강이 떨어진 게 화가 난 것 같았다.

무명이 앞으로 나서며 말했다.

"일단 계단 입구를 막아야 되오."

"시체 몇 구 때문에 계단을 틀어막자고? 네놈이 무당삼검을 우습게 보는 것이냐?"

이제 청일의 목소리는 우렁찬 사내의 것도, 정중하게 예의를 차리는 것도 아니었다.

귀청을 찢을 것처럼 카랑카랑한 목소리. 평생 명령만 하고 살았던 그는 부하들이 항명하는 사태를 접하자 이성을 잃은 것이었다.

그러나 무명은 담담하게 고개를 저었다.

"아니오. 당신이야 망자 몇 명쯤은 쉽게 처리할 수 있겠지. 하지만."

무명이 침상을 가리키며 말을 이었다.

"혹시 모를 불상사로 귀비가 다치게 되면 어찌할 셈이오?"

"……!"

청일은 정신이 번쩍 든 얼굴이었다.

무명의 말이 옳았다. 문제는 귀비의 안전이었다.

아래층에 있는 게 망자든 자객 일당이든 청일에게는 문제가 되지 않았다. 하지만 그들이 삼 층에 올라와서 귀비를 해친다면? 귀비의 심복이 되어 황궁에 연줄을 만든 그간의 수고가 모두 헛일이 되는 것이다.

무명이 무언가를 가리키며 말했다.

"이것으로 입구를 막읍시다."

그가 가리킨 것은 다름 아닌 귀비의 침상이었다.

보통 침상을 대여섯 개 합친 넓이의 침상. 게다가 침상은 단단한 돌로 만들어져 있었다. 계단 입구를 틀어막기에 적합했다.

송연화가 말했다.

"총대장님, 좋은 생각인 듯합니다."

그녀는 무명의 편을 들면서도, 절대 무명을 아는 척하는 눈치를 보이지 않았다. 무명은 송연화가 무공만큼 연기도 뛰어나다고 생각했다.

수로공도 음침한 얼굴로 무명과 청일을 번갈아 봤다. 지금은 무명의 말을 따르자는 눈빛이었다.

청일이 고개를 끄덕였다.

"좋다. 침상을 옮기자."

무명, 청일, 송연화, 수로공. 네 명이 각자 침상 모서리를 하나씩 맡았다. 오른손이 없는 청일은 왼손만 침상에 가져갔다.

네 명이 침상 아래에 손을 대자, 무명이 소리쳤다.

"하나, 둘, 셋!"

넷이 동시에 힘을 쓰자 침상이 번쩍 들렸다. 그들은 게걸음을 하며 침상을 계단 입구 쪽으로 옮기기 시작했다.

돌로 된 침상은 엄청나게 무거웠다.

무공을 모르는 무명과 수로공은 두 팔을 후들거리며 간신히 걸음을 뗐다. 그나마 청일과 송연화가 내공진기를 쓸 수 있는 게 다행이었다. 보통 사람 넷이었다면 침상을 몇 걸음 옮기지 못하고 자리에 주저앉았으리라.

침상 한가운데가 계단 입구 위에 오자, 넷은 침상을 든 손을 놓았다.

쿠웅!

침상이 바닥에 내려앉았다. 임시방책이지만, 넷은 계단 입구를 막는 데 성공했다.

그때였다.

쿵쿵쿵쿵!

밑에서 침상을 치는 소리가 들렸다. 어느새 망자들이 온 것이었다.

돌로 된 침상 바닥은 쉽게 부서질 것 같지 않았다. 하지만 넷이 간신히 들었던 무거운 침상이 위아래로 들썩거리며 움직였다. 밑에서 사람들이 주먹을 날리고 박치기를 하고 있었다. 보통 사람이었다면 돌 침상에 손과 머리가 몇 번을 넘게 깨졌으리라.

그러나 이미 죽은 시체들은 부상 걱정을 하지 않았다.

쿵쿵쿵쿵!

네 명은 침음한 채 흔들리는 침상을 바라봤다.

침상이 들썩거릴 때마다 귀비의 몸도 그에 따라 움직였다. 혼절한 채로 이리저리 흔들리는 귀비의 모습이 마치 줄이 엉킨 꼭두각시처럼 괴이했다.

잠시 후, 청일이 침묵을 깨고 물었다.

"망자란 게 대체 뭐냐?"

무명은 그가 한심했다. 망자비서를 그렇게 손에 넣으려 하면서 망자가 무엇인지 이제야 알려고 들다니.

"망자는 한번 죽었다가 되살아난 시체요."

"여전히 믿지 못할 소리로군. 그래서?"

"놈들은 이미 죽었기 때문에 설령 목이 잘리더라도 계속 움직이오. 아까 손목이 박살 난 망자가 궁녀를 끌고 갈 수 있었던 것도 그래서요."

"정말 되살아난 시체인지 아니면 어떤 사술을 썼는지 모르지."

"믿든 말든 당신 자유요. 또 망자는 몸속에 혈선충이 있는데, 망자에게 잘못 접근하거나 물려서 상처를 입으면 혈선충에 감염될 수 있소. 물론 혈선충에 감염된 자는 망자가 되오."

송연화가 끼어들며 말했다.

"궁녀와 환관이 시체한테 물리더니 그들처럼 변하는 것을 똑똑히 보았습니다."

"흐음."

청일이 고개를 갸웃거리면서 무언가 생각에 잠겼다.

무명은 그 틈을 타서 설명을 그쳤다.

'청일에게 더 이상 망자에 대해 알려주는 것은 금물이다.'

언제 자신을 죽여서 입막음하려 들지 모르는 청일. 그에게 망자에 대한 귀중한 정보를 알려주는 것은 바보나 할 짓이었다.

곧 청일이 입을 열었다.

"이미 죽은 시체이니, 쉽게 죽일 수 없다. 게다가 잘못하면 놈들에게 감염되어 같은 망자가 된다. 과연 상대하기 쉽지 않겠군."

"그렇소. 여기서 버티면서 해가 뜨길 기다리는 게 상책이오."

수로공도 상황이 다급했는지 무명을 돕는 말을 했다.

"저 침상은 암반석을 통째로 써서 만든 것입니다. 사람의 몸으로는 부술 수 없지요."

"말 안 해도 안다. 금위군 총대장인 내가 그걸 모를 것 같으냐?"

"황공하옵니다."

수로공이 뒤로 물러나며 고개를 조아렸다.

청일이 무명을 돌아봤다. 그러더니 뜻밖의 말을 꺼냈다.

"망자비서를 가진 자가 천하를 얻는다는 말은 과연 사실이었군."

"무슨 뜻이오?"

"이미 죽은 시체는 다시 죽일 수 없다. 또 가만 놔두어도 저절로 시체들의 수가 늘어난다. 가히 천하를 손아귀에 거머쥘 방법이 아니더냐?"

무명은 그가 말하려는 바가 무엇인지 알 수 없었다.

송연화와 수로공도 청일의 말뜻을 모르겠는지 초조한 눈빛으로 서로를 쳐다봤다.

"그래도 모르겠나?"

청일이 두 팔을 활짝 벌리며 말했다.

"죽은 시체들이 도검을 들고 국경을 넘는다면 감히 어떤 군대가 맞서 싸우려 하겠느냐?"

"……!"

"죽지 않는 군대. 아니, 죽여도, 죽여도 다시 되살아나는 군대. 초나라의 패왕 항우도 절대 이길 수 없는 군대가 아니냐? 하하하하!"

청일이 호탕하게 웃음을 터뜨렸다.

반면 무명의 얼굴은 창백하게 핏기가 사라졌다.

무당삼검의 일원이자 금위군 총대장인 청일. 그의 생각은 확실히 규모가 달랐다. 망자를 죽지 않는 군대로 여기는 담력. 중원 무림과 황궁에서 최고의 위치에 오른 청일이 아니라면 그 누구도 상상조차 못 했으리라.

하지만……. 무명은 그의 생각에서 큰 오점을 깨달았다.

무명이 물었다.

"망자로 군대를 만들겠다, 생각만큼은 대단하오. 그럼 하나 묻겠소."

"무엇이냐?"

"상대 나라의 군대는 어찌할 것이오? 망자와 싸우다가 패배한다면 그들 역시 전염이 되어 망자가 될 것이 아니오?"

청일이 어깨를 으쓱하면서 대답했다.

"그럼 놈들도 내 수중에 들어오는 셈인데 뭐가 걱정이냐? 졸지에 군대가 두 배로 늘게 되겠군."

"……"

"게다가 목이 잘려도 계속 움직인다고 했지? 목이 없는 군대라, 적군에게 공포심을 심어주고 군량미도 필요 없으니 그야말로 최고의 군대로구나, 하하하하!"

청일이 자신의 말에 스스로 도취되어 광소를 터뜨렸다.

무명은 더 이상 그와 말을 섞을 마음이 생기지 않았다.

전쟁을 이기면 적국의 사람이라도 자신의 백성으로 여겨 통치해야 되는 법이다. 그러나 청일의 말은 적국 백성은 사람으로 치지 않는 것이었다. 아니, 그에게 자신 말고 소중한 게 있기나 할까?

사람들이 죽은 시체가 되든 말든 자신의 권력욕만 추구하려는 청일.

그의 상상은 망자만큼이나 소름이 끼쳤다.

그때 청일이 무슨 생각을 했는지 말했다.

"다들 준비해라."

"준비하라니, 무엇을?"

"몰라서 묻냐? 침상을 옆으로 옮길 준비 말이다."

그 말에 무명은 물론 송연화와 수로공까지 모두 식겁한 표정을 했다.

"총대장님, 밑에 죽은 시체들이 걸어 다니는 걸 제 눈으로 보았습니다."

송연화가 말렸지만, 청일은 꿈쩍도 안 했다.

"그래서 내려간다는 소리다. 망자가 대체 어떤 놈들인지 확인하려면 내 눈으로 직접 보아야 되지 않겠느냐?"

"……."

송연화도 말문이 막혔는지 입을 다물었다.

그런데 청일은 거기서 한술 더 뜨는 것이었다.

"또한 이 기회에 망자 한 놈쯤 잡아두어야겠다."

그 말에, 지금까지 서로 모르는 척하던 무명과 송연화가 무심코 시선을 마주쳤다.

둘의 마음속은 똑같았다.

'이자에겐 아무리 망자에 대한 무서움을 얘기해도 소용이 없다.'

그러고 보니 망자들이 침상을 치는 소리가 언제부터인가 들리지 않았다.

무명과 송연화는 생각했다. 차라리 망자들이 없을 때 빨리 청일을 내려보내자. 그리고 다시 침상을 막은 다음 뒷일을 생각하자.

"뭣들 하냐? 침상을 옮기라니까."

청일이 명령했다. 상황이야 어쨌든, 그는 금위군 총대장의 신분이었다.

무명, 송연화, 수로공은 침상을 옮기기 시작했다. 청일은 이번에는 돕지 않고 팔짱을 낀 채 서 있었다. 넷이서도 간신히 들던 침상을 셋이 들려니 손발이 후들거렸다.

침상 다리가 바닥에 질질 끌리며 기분 나쁜 소리를 냈다.

끼기기기긱. 쿠웅.

셋은 간신히 침상을 옆으로 옮겼다. 바닥에 사람 한 명이 내려갈 구멍이 생겼다.

청일이 씨익 웃으며 말했다.

"수고했다."

무명과 송연화는 슬며시 눈빛을 교환했다. 이제 청일이 내려가면 즉시 입구를 막는다.

그런데 청일이 뜻 모를 말을 했다.

"준비됐겠지?"

"무슨 준비 말이오? 침상은 옮기지 않았소?"

"그 준비 말고."

청일이 검지로 무명을 가리켰다.

"너는 나와 함께 내려간다."

7장.

황궁에 나타난 망자

무명의 얼굴이 딱딱하게 굳었다. 송연화 역시 당황한 표정을 숨기려고 애를 썼다.

청일이 내려가면 입구를 틀어막자던 무명과 송연화의 계획.

그러나 청일은 둘의 생각을 짐작하고 있었던 것이다.

"왜 그러지? 기다려 줄 시간 없다."

"……."

허를 찔린 무명은 말없이 침음했다.

"나는 망자가 무엇인지 잘 모르니 망자에 대해 잘 아는 너를 끌고 가야겠다. 준비를 한 자, 적군을 이긴다. 병법에 나오는 말이지."

청일의 목소리가 카랑카랑하게 변했다. 그의 인내심이 바닥나고 있다는 증거였다.

"불을 들어라. 저 아래는 어두울 테니."

청일이 침상 옆에 놓인 촛불을 가리켰다.

무명이 촛불을 손에 쥐었다. 초는 제법 큼직해서 반 시진은 충분히 불을 밝힐 수 있을 것 같았다.

"앞장서라. 그렇게 망자를 잘 안다니, 내 너에게 선봉을 양보하마."

"……."

무명은 어두운 기색으로 말없이 침상을 돌았다. 마치 도살장에 끌려가는 축생 같은 몰골. 청일이 무명의 넋이 나간 얼굴을 보고 피식 비웃었다.

하지만 청일이 미처 깨닫지 못한 사실이 있었다. 무명이 침상을 돌면서 촛불 말고 다른 무언가를 몰래 손에 쥐어 들었던 것이다.

"내려가라."

청일이 무명의 등을 손으로 밀었다.

무명은 슬쩍 송연화에게 눈짓했다. 시선에 담긴 뜻은 분명했다. 자신과 청일이 내려가면 침상으로 입구를 막으라는 것이었다.

계단 입구는 침상에 반쯤 가려져서 딱 사람 한 명이 빠져나갈 틈만 나 있었다.

그리고 밑으로 어두운 지옥이 보였다.

무명은 지옥 구렁텅이를 향해 내려가기 시작했다. 그 뒤를 청일이 뒤따라왔다.

무명이 계단을 모두 내려와 이 층에 발을 들였을 때였다.

쿠웅.

등 뒤에서 침상이 입구를 막는 소리가 들렸다. 지옥문이 닫힌 것이었다.

무명이 촛불을 들고 좌우를 살폈다. 하지만 불빛은 불과 세 걸음 이상을 뻗어나가지 못했다. 자신의 코앞 말고는 아무것도 보이지 않았다.

건물은 완벽하게 어둠에 파묻혀 있었다.

빛과 소리가 새어 나가지 못하는 건물. 귀비가 환관을 고문하며 즐기는 장소라서 벽이 두껍고 창문조차 없었기 때문이다. 애초에 촛불 하나로 넓은 건물을 밝히는 것은 무리였다.

"시체는커녕 쥐새끼 한 마리 보이지 않는군."

청일이 투덜거렸다.

"망자 한 놈 잡으려고 내려왔는데 이래서야 헛수고만 하겠군. 낚시는 미끼가 있어야 하는 법. 앞장서라."

청일이 텅 빈 건물 한복판을 향해 손을 내밀었다.

정중하게 예의를 차리던 자객 수장으로 돌아간 듯한 동작. 그러나 무명이 도망치려는 순간, 그 손은 살수(殺手)가 되어서 등 뒤로 날아올 것이다.

무명이 어둠 속으로 발을 옮기며 말했다.

“망자를 잡는 게 생각처럼 쉽지 않을 것이오.”

“상관없다. 망자를 잡는 게 힘들면 너를 감염시켜서 가둬두면 그만이니까.”

“…….”

한마디 말을 꺼낸 무명은 바로 입을 다물 수밖에 없었다.

죽은 시체가 되살아난다는 말에는 코웃음을 치던 청일. 하지만 정작 그는 망자를 이용할 방법이 머릿속에 가득 들어 있는 것 같았다. 무명은 금위군 총대장의 위치가 아무나 오르는 곳이 아니라는 것을 실감했다.

그러나 무명도 최후의 한 수를 숨겨두고 있었다.

청일은 준비를 한 자가 적군을 이긴다고 말했었다. 하지만…….

‘당신은 완벽히 준비되지 않았소.’

무명은 청일의 별호인 무당삼검에서 그를 제압할 실마리를 찾았다.

‘무당삼검이 수중에 검이 없다? 병사가 무기 없이 전쟁터에 나간 격.’

청일은 귀비 처소에 잠행해서 그녀를 점혈까지 했다. 그러나 어찌 됐든 이곳은 황궁의 내원이다. 만일의 사태가 벌어질 경우, 수중에 검까지 있다면 발뺌을 할 수 없다. 때문에 청일은 검을 소지하지 않았던 것이다.

물론 검이 없어도 청일을 이길 상대는 황궁 안에 한 명도 되지 않으리라.

하지만 상대는 망자다.

권장술로는 죽은 시체인 망자를 상대하기 힘들다는 것은 악척산의 죽음으로 이미 증명된 사실이었다. 최소한 도검이 있어야 망자의 손발을 베면서 버티는 게 가능했다. 게다가 청일은 오른손이 없는 외팔이다.

망자를 이용해서 청일을 처리한다.

적과 적을 서로 싸우게 만드는 작전.

그것이 무명이 숨겨둔 마지막 한 수였다.

건물 이 층을 한 바퀴 돌았지만, 망자는 어디에도 보이지 않았다.

"싱겁군. 일 층으로 내려가자."

무명과 청일은 다시 계단을 내려갔다. 그러나 일 층에서도 망자의 모습은 찾을 수 없었다.

무명이 고개를 갸웃거렸다. 이상했다. 망자가 출몰했는데 아무 일도 없이 사라진다는 것은 상상하기 힘들었다.

그런데 청일이 뜻밖의 말을 했다.

"놈들이 어디에 숨어 있는지 알겠군."

"그게 어디요?"

"지상에 없으면 어디 있겠냐? 바로 지하실이다."

"건물 밑에 지하실이 있었소?"

"그렇다. 귀비는 환관을 고문하면서 술을 즐겨 마시지. 황궁 주방에서 음식을 갖고 오면 여기까지 오는 동안 다 식어버린다. 그래서 귀비가 오는 날은 숙수가 지하실로 와 요리를 만든다."

청일이 일 층 구석으로 무명을 끌고 갔다. 그곳에는 두터운 나무 뚜껑이 있었고, 그 밑으로 지하로 향하는 계단이 입을 벌리고 있었다.

"내려가시지."

무명은 계단을 내려갔다. 발을 옮길 때마다 나무로 된 계단이 소리를 냈다.

삐그덕, 삐그덕, 삐그덕…….

지하는 지상보다 어두웠다. 촛불 바로 앞 말고는 그야말로 암흑 그 자체였다.

게다가 지하의 습한 공기가 술 냄새와 섞여서 야릇하게 풍겨왔다. 마치 시궁창 속으로 들어가는 기분이었다.

그런데 무명이 계단을 반쯤 내려갔을 때였다.

"앗!"

무명이 무엇에 발이 걸렸는지 소리를 지르며 쓰러졌다. 그는 균형을 잃고 계단을 뒹굴었다.

우당탕탕탕!

무명은 지하실 바닥까지 굴러떨어졌다. 그 바람에 촛불이 꺼지고 말았다. 주위는 순식간에 한 치 앞도 볼 수 없는 암흑

이 되었다.

청일이 무명을 찾으며 소리쳤다.

"뭐냐? 망자가 나타났냐?"

하지만 아무 대답이 없었다.

"무슨 일이냐고 묻지 않았냐? 대답해라, 어서!"

그러나 무명은 무슨 일이 벌어졌는지 여전히 묵묵부답이었다.

실은 무명이 넘어진 것은 스스로 벌인 일이었다.

그는 일부러 발이 걸린 척 연기하며 몸을 뒹굴어서 계단을 내려왔다. 촛불 역시 무명이 일부러 바닥에 대고 비벼서 끈 것이었다.

만약 밝은 대낮이었다면 무명이 어떤 돌발 행동을 해도 청일은 그를 절대 놓치지 않았을 것이다.

하지만 코앞도 보이지 않는 어둠과 언제 망자가 튀어나올지 모르는 긴장감에 청일의 집중력이 분산되고 있었다. 때문에 무명은 무당파의 고수 청일의 손아귀를 잠깐이나마 벗어날 수 있었던 것이다.

그 찰나의 시간이 무명에게는 천금과도 같았다.

청일이 영문을 몰라 하고 있을 때, 무명은 발소리를 죽인 채 계단을 빙 돌아서 지하실 구석으로 자취를 감춰 버렸다.

그러나 청일도 만만한 사내가 아니었다.

그는 차 한 모금 삼킬 시간도 안 돼서 무명의 계책을 눈치챘다.

"얕은 수작이군. 네놈이 과연 도망칠 수 있을 것이라 생각하냐?"

바로 코앞도 보이지 않는 칠흑 같은 어둠 속.

하지만 청일은 평지를 걷는 것처럼 성큼성큼 계단을 내려왔다. 그리고 지하에 발을 딛고 선 다음 말없이 어둠 속을 응시했다.

청경(聽勁)이었다.

강호의 고수는 상대의 초식을 직접 보고 피한다. 상대가 주먹을 지르면 주먹을 보고, 검을 휘두르면 검을 보고 피한다. 하지만 초식이 쾌속(快速)의 경지에 달했을 경우, 눈으로 보고도 피할 수 없다. 몸의 반사 속도보다 초식이 더 빠르기 때문이다.

반면 일류고수는 상대의 기색을 읽고 반응한다. 주먹이나 검 같은 특정 부분이 아니라, 상대의 움직임 전체를 읽고 대응하는 것이다. 일류고수는 상대의 눈만 보고도 다음 초식을 미리 예측할 수 있다.

일류고수 이상의 경지, 즉 절정고수의 반열에 오르면 청경이 가능했다.

청경은 단지 상대뿐만 아니라 주변을 둘러싼 공기를 읽는다. 대자연의 기(氣)를 몸으로 느끼는 것이다.

청경을 쓰면 어둠 속에서도 상대의 존재를 알아차릴 수 있었다. 두 눈이 없는 이강이 보통 사람처럼 행동할 수 있는 것도 그가 청경을 쓰는 절정고수이기 때문이었다.

청일은 청경으로 지하실 곳곳을 살폈다.

그러나 잠시 후, 그의 얼굴이 보기 흉하게 일그러졌다. 지하실 어디에서도 무명의 기척을 느낄 수 없었던 것이다.

청일은 그제야 자신의 실수를 깨달았다.

'놈은 망자비서를 찾는 환관 세작인 줄로만 알았는데?'

그런 무명이 기척을 지울 수 있다니? 그가 절정고수의 경지에 올랐다는 말인가?

청일은 어금니를 꽉 깨물었다. 설마…….

그때였다.

지하실 구석에서 나직하게 저벅하는 발소리가 들렸다.

청일이 씨익 웃으며 말했다.

"거기 있었냐?"

그가 발소리가 난 곳으로 걸어갔다. 지하실 구석진 곳의 한편에 흐릿한 그림자가 말없이 서 있었다.

"차 한 잔 마실 시간도 못 숨었군. 이제 내 손속에 정이 있기를 바라지 마라."

그러자 그림자가 말했다.

"오랜만이군, 금위군 총대장."

"다, 당신은……."

순간 청일의 두 눈이 크게 뜨였다. 목소리의 주인이 무명이 아니었던 것이다.

잠시 말을 잃었던 청일이 천천히 입을 열었다.

"이 밤중에 내원에는 어인 일로 행차하셨습니까?"

"내 아버지가 다녀가시고, 내 어머니가 나를 낳으신 곳이다. 내가 오면 안 되느냐?"

"내원은 오직 황상만이 들어오실 수 있다는 걸 잘 아시지 않습니까?"

"나는 미래에 황상이 될 리 없다, 그런 말이냐?"

"그, 그건 아닙니다. 다만……."

"다만, 뭐?"

청일은 다시 입을 다물고 침음했다.

그가 생각하기에 눈앞의 인물은 절대 이곳에 나타날 리가 없었다. 아니, 금위군의 기별이 없는 이상 나타나서는 안 되었다. 눈앞의 인물이 내원에 들어왔다면 금위군은 시간을 지체하지 않고 당장 총대장인 청일에게 알렸을 것이다.

그런데 금위군으로부터 아무 기별이 없다고?

게다가 하필 왜 망자가 출몰한 날 내원에 행차한 것일까? 그것도 한밤중에?

청일은 의심에 찬 눈으로 그림자를 바라봤다.

그때 그림자가 청일을 깜짝 놀라게 하는 말을 했다.

"네가 이번에 망자비서를 손에 넣었다지?"

"……!"

청일의 얼굴이 얼음장처럼 딱딱하게 굳었다.

"내게 바쳐라. 네 공은 잊지 않으마."

"…먼저 약조를 받아야겠습니다."

"무슨 약조?"

"망자비서로 천하를 얻는다면 소신에게 한중 땅을 내어주십시오."

"너를 한중왕으로 봉하라는 말이냐?"

"그렇습니다."

"네놈만? 무당파는 어쩌고?"

"전쟁터에 병사가 많으면 전리품을 나누기 힘든 법이지요."

"하긴, 한중왕이 되었는데 무당파쯤이야 대수일까."

그림자가 대답을 미루고 잠시 뜸을 들였다.

그때 무명은 지하실의 암흑 속에서 둘의 대화를 엿듣고 있었다.

그는 그림자의 정체를 알고 싶었다. 하지만 칠흑 같은 어둠 속이라 그림자의 이목구비를 전혀 알아볼 수 없었다.

그러나 한 가지 사실만은 분명했다.

그림자가 한 말, 내 아버지가 다녀가고 내 어머니가 나를 낳은 곳. 그가 황궁의 내원에서 태어났다는 얘기였다.

즉 그림자가 황자 중의 한 명이라는 뜻이었다.

무명은 과연 그림자의 정체가 누구일지 궁금했다.

"네놈을 한중왕으로 봉한다고 약조하면 망자비서를 넘기겠다? 썩 괜찮은 제안이군.”

그림자가 웃으며 말했다.

그러나 이어지는 대답은 전혀 뜻밖의 것이었다.

“하지만 거절하겠다.”

청일의 입이 딱 벌어졌다. 그가 영문을 모르겠다는 얼굴로 물었다.

“대체 이유가 무엇입니까?”

“한중은 예부터 군사적으로 중요한 지역이며 교통의 요지다. 북으로는 관중, 남으로는 사천과 맞닿아 있고, 동으로는 장강이 흐르지.”

“소신도 알고 있습니다. 그러나 중원 천하에 비하면 한중은 손바닥만큼 작은 땅덩어리가 아닙니까?”

“아니지. 한고제 유방이 초패왕 항우와 맞설 세력을 기를 수 있던 이유가 무엇이겠느냐? 바로 한중왕이 되었기 때문이다. 삼국시대 촉나라의 유비도 스스로 한중왕을 자처하면서부터 비로소 조조와 맞설 수 있게 되었다.”

“……”

“그런데 네가 한중왕이 되겠다고? 훗날 군사를 모아 반역할 속셈이 없다고 어떻게 믿겠느냐? 대답을 해보아라. 한중 땅을 달라는 뜻이 과연 무엇인지!”

청일은 좀처럼 입을 열지 못했다. 그림자의 말이 정곡을 찌르는 것이었기 때문이다.

그는 그림자의 말처럼 내심 천하를 노리고 있었던 것이다.

그림자의 목소리가 차갑게 변했다.

“금위군 총대장이란 지위에 만족 못 할 놈이라는 것은 처음부터 알고 있었다.”

갑자기 그림자가 고개를 좌우로 돌리며 누군가를 찾았다.

순간 어둠 속에서 옷이 바닥에 끌리는 소리가 났다.

사라락, 사라락, 사라락…….

바닥에 끌리는 긴 치마를 입은 자들은 다름 아닌 귀비의 궁녀들이었다.

어둠 속에서 나온 궁녀들이 멀리서 청일을 포위했다.

그림자가 말했다.

“이리 가까이 오너라. 내 너에게 선물을 하나 내리마.”

“…….”

청일의 머릿속이 복잡하게 돌아갔다.

그림자는 망자비서를 손에 넣기 위해 내원에 침입했다. 게다가 지금 벌어지고 있는 사태로 보아, 그림자와 궁녀들은 망자가 틀림없었다. 그림자는 망자비서를 빼앗은 다음 증거를 없애기 위해 입막음을 할 것이다.

그렇다면…….

차라리 그를 죽일까? 청일은 마음속으로 뒷일을 저울질했다.

그를 죽인 사실이 탄로 나면 관과의 연줄은 영영 돌이킬 수 없게 된다. 하지만 그건 그때 가서 걱정해도 될 일이었다. 당장은 자신의 목숨이 더 소중하니까.

청일은 결정을 내렸다. 그가 그림자를 향해 다가가며 물었다.

"선물이라니, 어떤 것을 준비하셨습니까?"

"네가 보면 두 눈알이 튀어나올 만큼 깜짝 놀랄 만한 것이다."

"기대되는군요."

청일이 한 걸음, 한 걸음 그림자에게 걸어갔다.

"조금 더 가까이. 조금만 더."

청일과 그림자의 거리가 불과 세 걸음도 남지 않았을 때였다.

청일의 신형이 어둠 속에서 둥실 떠오르더니, 그림자를 향해 쏜살같이 날아갔다.

쉬이익!

동시에 청일이 입을 오므리며 길게 휘파람을 불었다. 휘이이익!

이전에 송연화를 보자 휘파람을 불면서 초식을 회수했던 청일. 그러나 지금은 정반대였다. 그의 휘파람은 반드시 그림자의 숨통을 끊어놓겠다는 결심의 표현이었다.

청일의 왼손이 그림자의 가슴으로 날아들었다.

무당면장(武當綿掌)의 수법이었다.

무당면장은 모두 삼십육 개의 초식으로 이루어진 장법(掌

法)이다. 마치 솜이불을 누르는 것처럼 부드럽게 날아오는 손바닥. 그러나 면장에 적중되면 치명적인 내상을 입게 된다. 부드러움으로 적을 상대한다는 무당파의 극의가 담긴 장법이었다.

또한 면장은 삼십육초가 중간에 끊어지지 않고 연속해서 이어진다. 분명 초식 하나를 피한 것 같았는데, 어느새 뒤이은 초식에 당하고 마는 것이다. 이 또한 무당파의 극의 중 하나였다.

바람에 떨어지는 낙엽처럼 보이나 그 속에 거대한 파도의 힘을 담고 있는 면장.

청일이 그림자의 가슴팍에 일장을 터뜨렸다.

"잘 가시오."

순간 청일의 두 눈썹이 보기 흉하게 일그러졌다.

일장이 닿은 곳은 그림자의 가슴이 아니었다. 그의 왼손은 허공을 짚었던 것이다.

무당면장은 끊임없이 이어지는 수법이지만, 목표를 잃고 허공을 짚은 상황에서는 두 번째 초식을 출수할 수가 없었다.

청일이 영문을 몰라서 중얼거렸다.

"대체 어떻게?"

"이런, 이런. 너도 선물을 준비했구나? 하지만 사양하겠다. 네놈 선물은 고약해서 받을 수가 없구나, 크하하하!"

그림자가 지하실이 울리도록 광소를 터뜨렸다.

그때 무언가를 봤는지 청일의 두 눈이 크게 뜨였다.

"서, 설마… 어떻게 이럴 수가……."

청일이 무심코 신음을 흘렸다.

그의 앞에는 벽에 붙은 선반이 있었는데, 그림자의 잘린 목이 선반 위에 놓여 있었던 것이다. 그리고 그림자의 몸뚱이는 어디로 갔는지 보이지 않았다.

목만 있고 몸체가 없는 그림자. 청일의 일장이 허공을 때린 것도 당연했다.

"크하하하! 세 치 혀와 속마음이 따로 노는 네놈이 고작 목과 몸이 따로 있는 나를 보고 놀라는 것이냐?"

쿵쿵쿵쿵!

목이 없는 신체가 어둠 속에서 달려 나왔다. 바로 그림자의 몸이었다.

그림자의 몸이 두 팔을 활짝 벌렸다. 그리고 넋이 나간 청일을 꽉 부둥켜안았다.

"입 벌려라! 선물 들어간다!"

그림자의 몸이 청일의 얼굴을 향해 목덜미를 숙였다. 그러자 목이 잘린 단면의 구멍, 즉 식도 속에서 수백 다발의 지렁이 같은 촉수가 뻗어 나왔다.

쐐애애애액!

혈선충이었다.

혈선충 다발이 청일의 얼굴 위로 쏟아졌다. 철푸덕!

청일은 본능적으로 눈을 감고 입을 다물었다. 그리고 혈선충을 떨구려고 고개를 흔들었다.

"읍읍읍!"

하지만 혈선충은 가닥 하나하나가 지능을 가진 뱀처럼 살아 움직였다. 청일이 고개를 흔들었지만 혈선충은 떨어지기는커녕 꿈틀거리며 그의 얼굴을 타고 올랐다.

사람 얼굴에는 일곱 개의 구멍이 있다. 그중 세 개의 구멍은 스스로 닫는 것이 가능하다. 두 눈과 입. 그러나 다른 네 개는 불가능하다. 바로 코와 귀에 난 네 개의 구멍이다.

혈선충이 청일의 코와 귀를 향해 꿈틀꿈틀 기어갔다.

그때였다. 청일의 전신이 희미하게 떨리기 시작했다. 떨림은 금세 세찬 진동으로 바뀌었다. 청일의 몸이 사방팔방으로 진동하자, 혈선충은 균형을 잡지 못하고 자리에서 팔짝팔짝 뛰었다.

순간 청일이 몸을 딱 정지시키며 두 팔을 활짝 펼쳤다.

부르르르… 타앗!

수백 다발의 혈선충이 강한 진동을 이기지 못하고 청일의 얼굴에서 튕겨 나갔다. 청일을 부둥켜안고 있던 그림자의 몸도 두 팔을 풀고 뒤로 벌렁 넘어갔다.

또 하나의 무당파의 극의, 전사경(纏絲勁)이었다.

전사경은 전신의 근육과 기의 흐름을 원을 그리며 회전시켜서 힘을 방출한다는 원리였다.

작은 소용돌이도 낙엽을 공중에 띄울 만큼 강맹한 힘을 품고 있다. 태풍의 눈은 고요하지만, 태풍의 끝자락은 집채를 부수는 것이다.

혈선충을 몽땅 떨구었지만, 청일은 여전히 기분 나쁜 감촉을 머릿속에서 지우지 못한 채 고개를 흔들었다.

"제기랄! 대체 이게 뭐지?"

그런데 다시 고개를 든 그는 입을 딱 벌리고 말았다.

뒤로 넘어진 그림자의 몸이 어느새 일어나 있었다. 그런데 그림자의 몸은 다시 청일에게 달려들지 않았다. 몸은 반대로 방향을 틀어서 터벅터벅 걸어갔다.

몸이 걸음을 멈춘 곳은 선반 앞이었다.

몸은 두 손을 뻗더니 선반에 놓인 목을 집어 들었다. 그리고 천천히 잘린 목의 단면을 맞추었다.

그림자의 목이 몸에게 위치를 설명했다.

"거기 말고 좀 더 아래. 그래, 거기. 바로 거기다."

곧 그림자의 머리가 얼추 제자리를 찾았다. 그림자가 체조를 하듯이 목을 좌우로 몇 번 움직였다. 목을 기울였지만, 머리는 떨어지지 않았다.

잘린 목이 다시 붙은 것이었다.

"아아, 기분 좋군. 어떠냐? 네놈도 이런 기분을 맛보고 싶지 않느냐?"

"……."

청일은 침을 꿀꺽 삼킬 뿐 입을 열지 못했다.

그림자가 천천히 뒤로 몸을 돌렸다.

"진작 망자비서를 내놓았으면 이런 일은 없었을 텐데. 후회해도 소용없다. 얘들아, 무엇 하느냐? 저 역적 놈을 잡지 않고?"

그 말이 신호였다. 멀찍이 떨어져 있던 궁녀들이 청일을 포위하며 다가왔다.

청일이 그림자를 보며 차갑게 웃었다.

"고작 궁녀들 갖고 소신을 잡으시겠다고? 금위군 총대장에 무당파의 제자인 나를?"

"길고 짧은 건 대봐야 아는 법."

청일은 고개를 살짝 숙이며 궁녀들의 움직임을 읽었다.

그때였다. 어디선가 나무가 뒤틀리는 소리가 들렸다.

삐그덕…….

청일이 고개를 홱 돌리며 소리쳤다.

"거기 있었군!"

동시에 그가 바닥을 차며 공중에 뛰어올랐다. 그의 신형이 소리가 난 방향으로 화살처럼 날아갔다.

나무 소리를 낸 장본인은 무명이었다.

무명은 기회를 틈타서 어둠 속을 조용히 이동한 뒤 일 층으로 도망치려 했다. 하지만 나무 계단을 올라가는 소리는 막을 수 없었던 것이다.

청일에게 들킨 무명은 그대로 계단을 뛰어올라 갔다.

불과 세 걸음 앞도 보이지 않는 칠흑 같은 어둠 속.

그러나 청일의 신형은 정확하게 무명의 등을 향해 날아갔다. 마치 명사수가 쏜 화살이 과녁에 적중하듯이.

쉬이이익!

청일은 그림자보다 무명에게 더 화가 나 있었다. 그림자야 어쨌든 자신의 상전이다. 하지만 무명은 일개 환관이었다. 금위군 총대장인 자신이 환관 따위에게 농락당했다고 생각하니, 그는 분을 참을 수 없었다.

"죽어라!"

청일이 왼손을 뻗어 무명의 등에 무당면장을 날렸다.

그때였다. 턱! 무언가가 청일의 발목을 낚아챘다.

"뭐야?"

청일은 깜짝 놀랐다. 그는 몸을 날려서 궁녀들의 포위망을 훌쩍 뛰어넘은 참이었다. 그런데 대체 누가 발목을 잡았다는 말인가?

공중에서 고개를 내리던 그는 어이가 없었다.

청일의 발목을 붙잡은 것은 비단 천이었다. 실은 무명은 계단을 올라가기 전에 난간에다 비단 천을 가로로 묶어두었다. 어둠 속에서 소리만 듣고 몸을 날린 청일은 보기 좋게 비단 천에 발목이 걸린 것이었다.

하지만 그것으로는 청일을 막을 수 없었다.

"어리석은 수작!"

몸을 날리다가 공중에서 균형을 잃었다면 바닥에 떨어져야 정상이다. 그러나 청일은 달랐다. 앞으로 고꾸라지는 순간, 그의 몸이 허공에서 빙글 돌았다.

구름을 사다리 타고 오르듯이 공중에서 몸을 움직이는 신법.

무당파의 비전 경공술, 제운종(梯雲縱)이었다.

청일은 허공에서 몸을 회전시키며 발목에 감긴 비단 천을 풀었다. 그의 경신법이 절정에 달했음을 알 수 있는 장면이었다.

그런데 그는 한술 더 떴다. 하늘하늘한 비단 천을 발판 삼아 밟은 뒤 다시 공중으로 뛰어오른 것이다.

청일이 무명의 등에 일장을 날렸다. 이제 무명은 피할 도리가 없었다.

퍽! 무당면장이 무명의 등에 적중했다.

순간 청일이 얼굴을 찡그리며 왼손을 회수했다. 그 바람에 그는 채 일성(一成)의 공력도 일장에 실을 수 없었다.

"크윽!"

그는 신음을 흘리며 고개를 내렸다. 어둠 속이라 잘 보이지 않았지만, 정체 모를 암기가 왼손의 손바닥을 뚫고 관통해 있었다.

"하, 하하하……."

청일의 입에서 헛웃음이 새어 나왔다. 그러다가 어느 순간 웃음이 딱 멈췄다.

어둠 속에서 청일의 시뻘건 안광이 뿜어져 나왔다.

"이제 용서를 빌어도 늦었다. 내 네놈의 숨통을 반드시 끊어주마!"

극도로 분노한 청일이 소리쳤다.

무명이 어둠을 빌어서 쓴 암수는 방심한 청일의 허를 찔렀다.

하지만 절정고수 청일을 암기만으로 처치할 수는 없었다. 단지 시간을 벌려던 것이었다.

무명은 청일이 멈칫거리는 틈을 타서 계단을 뛰어올랐다. 그리고 지하실을 빠져나와 일 층에 올라왔다.

그는 생각했다.

'성공이다.'

무명의 다음 수순은 이랬다.

이대로 삼 층까지 올라간 다음 침상으로 입구를 막는다. 망자들이 더욱 난동을 피우면 그때는 금위군이 출동할 것이다. 금위군이 올 때까지, 또 날이 밝을 때까지 삼 층에서 숨죽인 채 망자들이 사라지길 기다린다.

그것이 무명이 생각한 계책이었다.

하지만 그도 미처 예측하지 못한 사실이 있었다. 계단을 돌아 계속 이 층으로 올라가려던 무명은 그 자리에 발을 멈추고 말았다.

궁녀들이 이미 계단 주위를 포위하고 있었던 것이다.

실은 궁녀들은 일 층 구석의 어둠 속에서 몸을 웅크린 채 숨어 있었다. 그리고 무명과 청일이 지하실로 내려가자 모습을 드러내어 탈출로를 막은 것이었다.

삼 층에서 내려온 지 한참이 지났기 때문에 눈이 어둠에 익숙해져 있었다. 무명은 차가운 눈으로 궁녀들을 살폈다.

궁녀들은 모두 귀비의 수하였다.

아니, 생전에는 그랬으리라. 지금 그들은 모두 망자가 되어 있었다.

얼굴이 창백하게 보일 만큼 진하게 한 화장, 핏빛처럼 붉은 입술, 코를 찌르는 분 냄새, 겉옷이 부풀어 오를 만큼 풍만한 몸매.

그들은 살아생전에 황궁에 드나드는 남성들의 마음을 흔들었을 것이다.

하지만 지금은 달랐다.

인형같이 진한 화장에 퀭한 두 눈. 어둠 속에 둥둥 떠 있는 희멀건 얼굴들은 쳐다보기만 해도 소름이 끼쳤다.

궁녀들은 아직 무명에게 덤빌 생각이 없는지 조용히 자리를 지키고 있었다.

그때였다.

"쥐새끼처럼 도망치던 놈이 덫에 걸리고 말았구나, 후후후."

등 뒤에서 누군가가 무명을 비웃으며 말했다.

청일이었다.

"앞은 네놈이 그렇게 두려워하던 망자들이 있고, 뒤는 내가 지키고 있다. 진퇴양난, 말 그대로 앞뒤가 막혔군. 자, 어찌할 것이냐?"

청일이 말을 하면서 왼손을 들어 올렸다. 무명이 쓴 암기가 그의 손바닥을 관통해서 박혀 있었다. 모두 세 개였다.

그는 입을 갖다 대고 암기 끝을 이로 물었다. 오른손이 없는 외팔이였기 때문이다.

쑤우욱. 청일이 턱을 당겨서 암기를 빼냈다.

"퉤!"

그가 빼낸 암기를 뱉었다. 챙강. 암기가 바닥에 떨어졌다. 암기의 정체는 귀비의 삼 층 방에 있던 고문 기구 중 하나였다.

바로 끝이 기역 자 모양으로 꼬부라진 바늘이었다.

청일은 암기의 정체를 깨닫자 헛웃음을 터뜨렸다.

"하, 하하하. 어이가 없군."

계속해서 청일은 손바닥에 박힌 나머지 두 개의 바늘을 모두 빼냈다. 손바닥에 난 세 개의 구멍에서 피가 조르르 흘러내렸다.

하지만 절정고수에 가까운 청일에게 그 정도 상처는 걸림돌이 되지 않았다.

"고작 이따위 것으로 날 해치려 했다고? 내가 누군지 모르나 본데……."

"무당삼검이오. 잘 알고 있소."

무명이 청일의 말을 잘랐다.

"알고 있는 놈이 평범한 바늘 몇 개 가지고 나를 노렸냐? 잘 들어라. 이런 암기는 두 가지 수법으로 써야 된다."

"무엇이오?"

"첫째, 암기에 독을 묻힐 것. 그래야 하수가 고수를 이길 수 있지. 둘째, 눈을 노릴 것. 제아무리 고수라도 눈알에 바늘이 박히면 곤란하니까."

"과연 무공과 병법에 통달한 자답군. 조언, 가슴에 새겨두겠소."

"그럴 필요 없다. 네놈은 지금 당장 내 손에 죽을 테니까."

청일이 사나운 얼굴을 하고 무명에게 한 걸음 다가섰다. 그런데 무명은 담담한 표정으로 청일을 빤히 바라보는 것이었다.

청일은 무명이 무언가 숨기고 있다는 것을 깨달았다.

"네놈, 뭔가 속셈이 있군."

"그렇소. 설마 아무 생각도 없이 무당삼검을 상대하려고 했겠소?"

"네놈 심계가 뭐냐? 숨통을 끊기 전에 얘기라도 들어주마."

"별로 대단할 것 없소. 손자병법이오."

청일이 재차 헛웃음을 터뜨렸다.

"손자병법? 금위군 총대장인 내 앞에서 감히 병법을 논하겠다고?"

"부지피부지기(不知彼不知己)면 매전필태(每戰必殆)라는 말은 아시겠지?"

"물론이다. 적을 모르고 나도 모르면 싸움마다 반드시 위태롭다는 뜻 아니냐?"

"맞소. 바로 당신의 경우에 해당하오."

"뭐라고?"

청일의 두 눈이 다시 안광을 내뿜었다.

"네놈을 죽이기 전에 그 세 치 혀부터 뽑아야겠군."

"당신은 지금 상대하는 적이 누군지 모르오. 망자에 대해 조금도 알지 못한다는 뜻이오."

무명이 차갑게 냉소하며 말했다.

"망자는 피 냄새를 귀신같이 맡소. 한번 산 사람의 피 냄새를 맡은 망자는 절대 목표를 놓치지 않고 끝까지 쫓아오지."

"뭐, 뭐라고?"

청일의 얼굴이 대번에 굳었다.

그가 자신의 왼손을 들었다. 바늘이 박혔던 구멍들에서 아직 피가 흐르고 있었다. 손바닥을 관통할 만큼 깊은 상처였으니, 당연한 일이었다.

청일이 목소리를 떨며 물었다.

"설마 귀비의 바늘을 암기로 쓴 이유가 내게 피를 흘리도록 하려던 것이냐?"

"정답이오. 바늘 따위로 당신을 해칠 수 없다는 것은 환관인 나도 잘 알고 있소."

"……."

"당신 별호가 금강불괴가 아니라 무당삼검이라 정말 다행이오. 바늘이 박히지 않는 몸이었다면, 내 심계는 헛수고가 되었을 테니까."

"네놈……."

청일은 놀람 반, 분노 반에 말을 잇지 못했다.

삼 층에서 청일이 무명을 겁박하며 앞장세웠을 때, 무명은 청일이 눈치채지 못하게 촛불 말고 무언가를 소매 속에 집어넣었다.

귀비가 손을 닦는 비단 천, 그릇을 올리는 쟁반, 고문 기구인 바늘이었다.

무명은 지하실 계단에서 일부러 촛불을 끄고 숨은 뒤 물건들을 꺼내 들었다.

그가 가장 먼저 한 일은 쟁반에 촛농을 떨어뜨리는 것이었다. 그런 다음 촛농이 굳기 전에 바늘을 꽂았다. 바늘은 중간이 구부러져 있었기 때문에 끝이 쟁반과 구십 도가 되도록 고정시킬 수 있었다.

무명은 낌새를 죽인 채 계단으로 이동했다. 그리고 비단 천을 난간 양옆에 묶었다. 천은 넓고 길어서 청일의 발을 걸기에 충분했다.

준비를 마친 그는 계단을 뛰어올랐다.

동시에 팔을 뒤로 돌려서 쟁반을 등 뒤에 갖다 댔다.

청일이 초식을 출수할 위치는 어림짐작할 수밖에 없었다. 만약 그가 무명의 뒤통수나 허리 쪽을 노렸다면? 무명은 중상을 면하기 어려웠을 것이다.

다행히 청일은 무명의 등 한복판으로 일장을 날렸다. 어둠 속에서 적의 위치를 정확히 모른다면 대개 가장 넓은 가슴이나 등을 노리게 마련이다.

청일은 그것도 모른 채 쟁반 위에 꼿꼿이 선 대여섯 개의 바늘 위를 쳤던 것이다.

마치 고슴도치의 등을 맨손바닥으로 때린 격.

때문에 청일은 초식을 펼치다 말고 급히 회수할 수밖에 없었다. 그럼에도 불구하고 바늘은 세 개나 손바닥을 뚫어버렸다.

무명이 말했다.

"금위군 총대장을 감히 바늘 몇 개로 상대하려 했다? 천만의 말씀. 나는 그렇게 담력이 세지 못하오. 단지 피 몇 방울을 흘리게 만들면 족했을 뿐이오."

"네놈… 삼 층에서 넋이 나간 얼굴을 했던 것도 나를 속이려던 생각이었군."

"이제 알았소? 당신이 저지른 실수는 하나 더 있소. 바로 스스로를 잘 알지 못하는 것."

"무엇이?"

그 말에 청일이 발끈한 얼굴을 했다.

"감히 네가 무당삼검을 농락하려는 것이냐?"

"바로 그거요. 무당삼검."

무명의 목소리가 어느새 싸늘하게 식어 있었다.

"당신은 검으로 유명한 무당파에서도 단연 독보적이오. 특히 검을 든 당신을 상대할 수 있는 자는 강호에서 열 명이 간신히 넘을 것이오."

"그래서?"

"한데 당신은 지금 검을 갖고 있지 않소. 병사가 전쟁터에 무기를 가져오지 않은 격이 아니오?"

"……."

청일은 아무 말도 하지 못했다. 무명의 말이 정곡을 찔렀기 때문이다.

"그럼 얼마나 버틸 수 있는지 지켜보겠소."

말을 마친 무명이 조용히 몇 발자국 뒤로 물러났다.

청일이 주먹을 꽉 움켜쥐며 말했다.

"검 따위 필요 없다. 네놈쯤은 권장술만으로 충분……."

그때였다.

키에에에엑!

궁녀들이 고개를 번쩍 치켜들며 괴성을 내질렀다.

청일이 왼손을 갑자기 치켜들자 공기 중에 핏방울이 흩뿌려졌다. 그 바람에 망자들이 피 냄새를 맡은 것이다.

궁녀들이 청일을 향해 일제히 달려들었다.

귀비의 수하였던 궁녀들은 생전에 항상 고개를 치켜들고 등을 꼿꼿이 세운 자세를 유지했다. 하지만 망자가 된 지금은 아니었다. 그들은 사지를 제각각 괴이한 방향으로 비틀면서 움직였다.

마치 거미가 기어오는 것처럼.

계단 가까이에 있던 궁녀들은 먼저 무명의 코앞에 도착했다.

…하지만 그들은 무명을 못 본 체하고 스쳐 지나가 버렸다.

그 광경을 본 청일이 기가 막혀서 소리쳤다.

"네, 네놈, 무슨 사술을 쓴 것이냐?"

"……."

무명은 아무 말도 하지 않았다. 아니, 이미 호흡조차 멈추고 있었다.

실은 그가 청일에게 말하지 않은 사실이 있었다.

망자 앞에서 반드시 피해야 될 세 가지. 호흡을 멈출 것, 희로애락의 표정을 짓지 말 것, 피를 흘리지 말 것.

무명은 지금 세 가지를 철저히 지키고 있었다. 호흡을 멈춘 채, 무표정을 유지한다.

또한 피 냄새를 풍기는 자는 무명의 앞에 따로 있었다. 때문에 망자들은 무명을 산 사람이 아니라 목각상 보듯이 하며 지나쳤던 것이다.

그제야 청일은 무명이 또 다른 심계를 꾸민 것을 알아차렸다.

"개자식! 아직 말하지 않은 게 있구나? 내 네놈을 반드시 도륙하겠다!"

"……."

무명은 여전히 묵묵부답이었다.

그는 호흡이 흐트러질까 봐 전음도 보내지 않았다. 그리고 속으로 생각했다.

'당신 목숨이나 걱정하시지.'

키에에엑! 궁녀들이 청일에게 덤벼들었다.

청일이 몸을 빙글 돌리며 일장을 뻗었다.

퍽! 궁녀 하나가 일장을 정통으로 맞고 날아갔다. 그녀는 등 뒤에 있던 다른 궁녀 두 명과 휩쓸려서 함께 넘어졌다.

고요 속에 숨은 태풍의 힘. 무당면장이었다.

이번에는 청일의 오른쪽에서 궁녀가 달려들었다.

청일은 마치 등 뒤에 눈이 달린 것처럼 반응했다. 그가 두 발을 벌리며 몸을 낮췄다. 동시에 궁녀의 가슴팍을 향해 오른 팔을 휘둘렀다.

청일의 오른팔은 손목이 잘려서 없다. 그런데 손목이 없어서 텅 빈 옷소매가 궁녀의 가슴에 살짝 닿았다.

텅! 엄청난 굉음이 터졌다.

키에에엑!

궁녀의 가슴팍이 쇠망치에 맞은 것처럼 푹 들어갔다. 비록 죽은 시체였지만, 궁녀의 가슴뼈는 박살 나고 안에 있는 내장은 풍선처럼 터져 버렸다. 궁녀는 비틀거리며 몇 걸음을 뒤로 물러선 뒤 바닥에 쓰러졌다.

무명은 자기도 모르게 표정을 일그러뜨릴 뻔했다.

텅 빈 소맷자락에 내공진기를 실어서 망자를 박살 낸 일격.

만약 청일의 무위를 진작 눈으로 봤다면, 무명은 등에 바늘쟁반을 대는 도박을 시도하는 데 상당히 주저했을 것이다.

청일이 무명을 돌아보며 말했다.

"어떠냐? 망자들 따위 검이 없어도 충분하다!"

"……."

그때였다. 무엇을 봤는지 청일이 입을 딱 벌리고 경악했다.

"서, 설마……."

방금 청일의 일격에 쓰러진 궁녀가 자리에서 천천히 일어나고 있었다.

무명이 차가운 표정을 한 채 속으로 말했다.

'지금부터 시작이오.'

무명은 호흡을 멈추고 무표정을 유지한 채 싸움을 지켜봤다.

싸움은 일방적이었다. 청일이 일초식을 펼칠 때마다 궁녀 한 명이 바닥에 쓰러졌다.

문제는 죽어 있어야 할 궁녀가 금세 다시 일어난다는 것이었다.

두세 명을 쓰러뜨리고 다른 궁녀를 상대하다 보면, 방금 손을 쓴 두세 명이 어느새 일어나서 덤벼들었다.

게다가 망자인 궁녀들은 자기 몸을 돌보지 않았다. 궁녀들은 동귀어진을 하듯이 청일에게 덤벼서 그의 사지를 붙들고 늘어졌다.

때문에 청일은 좀처럼 궁녀들의 포위망을 뚫지 못했다.

십여 명에 불과한 궁녀들. 하지만 청일에게는 백만 명의 군사처럼 느껴졌다.

"빌어먹을 개자식아! 네놈을 반드시 죽이겠다!"

청일이 초식을 출수하면서 분노를 터뜨렸다.

무명은 속으로 냉소했다.

'계속 그렇게 화를 내시지. 그럴수록 망자는 당신한테 덤벼들 테니.'

그때 청일이 몸을 낮추며 빙그르 회전했다. 그리고 오른팔 소맷자락으로 바닥을 쓸었다.

스스스슥!

궁녀들 여섯 명이 소매에 발목이 걸려서 뒤로 벌렁 넘어갔다. 그 바람에 궁녀들의 포위망에 구멍이 뚫리고 말았다.

청일이 무명을 돌아보며 일갈했다.

"네놈!"

다급해진 무명은 하마터면 표정이 흐트러질 뻔했다.

그때 무명의 시야에 무언가가 들어왔다. 무명이 호흡을 멈춘 채 슬쩍 옆으로 세 걸음을 옮겼다.

청일이 포위망을 뚫고 몸을 날렸다. 반드시 무명을 죽이겠다는 움직임이었다.

"거기 서라!"

그때였다.

어디선가 궁녀의 머리가 휙 튀어나왔다. 그리고 아가리를 활짝 벌리더니 청일의 발목을 통째로 물었다.

콰드득! 궁녀의 윗니와 아랫니가 청일의 복숭아뼈 깊숙이 쑤셔 박혔다.

청일이 비명을 지르면서 발을 세차게 휘둘렀다.

"크아아아악!"

하지만 궁녀의 턱은 발목을 놓기는커녕 더욱 강하게 물고 늘어졌다. 마치 한번 용수철이 작동되면 절대 벌어지지 않는 사냥 덫 같았다.

그런데 고개를 내린 그는 더욱 놀라고 말았다. 자신이 몸을 날린 곳이 하필 지하실 계단이 있는 나무 뚜껑 위였던 것이다.

키에에에엑!

막 지하실에서 올라오던 궁녀들이 미친 듯이 달려들었다. 그리고 청일의 발목과 종아리와 손목을 물어뜯고 이빨을 박았다.

콰득! 콰득! 콰드드득!

"이거 놔, 이년들아!"

청일이 무당 전사경의 수법으로 두 발을 세차게 진동시켰다.

"하아앗!"

후두두둑! 궁녀 몇 명이 턱뼈가 어긋나고 이빨이 빠지면서 떨어져 나갔다.

하지만 소용없었다. 두 명을 떨쳐내자 이번에는 네 명이 나와서 청일의 발을 물었다.

마치 다리 하나를 잘라내도 계속 덤벼드는 문어발처럼.

"제기랄!"

지하의 어둠 속에서 궁녀들이 위를 향해 몸을 던졌다.

키에에에엑!

궁녀들이 청일의 발목을 물고 늘어졌다. 사지를 붙들면서 그의 등에 올라탔다. 눈알을 할퀴고 머리카락을 낚아챘다. 그것도 모자라 일 층에 있던 궁녀들까지 가세했다.

청일은 순식간에 십여 명의 궁녀들에게 파묻혀 버리고 말았다.

무명이 멀찍이 떨어진 곳에서 무표정한 눈으로 청일을 쳐다봤다.

청일이 분노에 찬 목소리로 말했다.

"네놈……."

실은 청일이 무명에게 몸을 날리기 직전, 무명은 그가 움직일 경로 중간에 지하실 계단이 위치하도록 걸음을 옮겼다.

분노에 이성을 잃은 청일은 그 사실을 전혀 깨닫지 못했다. 그 바람에 그는 망자 무리를 향해 스스로 몸을 던진 꼴이 되고 말았던 것이다.

무명은 주사위를 던졌고, 도박은 성공했다.

그때 무명과 청일의 시선이 교차했다.

무명은 생각했다.

'망자비서를 손에 넣으려 하면서도 망자에 대해서는 코웃음만 치던 당신이 스스로 자초한 일이오.'

무당파는 내가무공(內家武功)의 본산과 같은 곳이다. 외가무공이 신체를 빠르고 강하게 써서 적을 제압한다면, 내가무공은 내공을 터뜨리는 발경으로 강맹한 위력을 낸다.

무당파의 제자인 청일 역시 내가무공으로 기틀을 쌓았다.

그러나 내가무공만으로는 망자를 쓰러뜨리기 역부족이었다. 아무리 뼈를 부수고 내상을 입혀도 이미 죽은 시체는 다시 일어섰기 때문이다. 게다가 궁녀들의 숫자는 수십을 넘었고, 싸움터는 몸을 피할 곳 없는 좁은 장소였으니…….

지금 청일에게 필요한 것은 정묘한 내가무공보다 차라리 삼

류무사의 도검(刀劍)이었다.

결국 검이 없는 무당삼검은 그 위명을 반의반도 보이지 못했다.

무명의 예측은 모두 들어맞았던 것이다.

무명이 속으로 냉소하며 몸을 돌렸다.

'잘 가시오.'

급기야 궁녀들이 청일을 씹어 먹기 시작했다.

"빌어먹을! 내가 검만 있었어도! 제기랄! 내 너를 반드시… 으아아악!"

청일의 사지가 미친 듯이 요동을 쳤다. 그의 모습은 수십 명의 궁녀들에게 파묻혀서 곧 보이지 않게 되었다.

강호 절정고수의 허망한 최후였다.

청일이 망자들의 식탁에 올랐을 때, 무명은 조용히 몸을 빼서 계단을 올라가고 있었다.

곧 삼 층에 도착했다. 입구는 침상으로 막혀 있었다.

무명이 손을 들어 침상을 쳤다. 쿵쿵쿵.

하지만 침상은 그대로였다. 송연화는 밑에 망자가 있을지 몰라 침상을 옮기지 않는 것 같았다.

무명은 이번에는 마치 북을 치듯이 박자를 다르게 해서 침상을 두드렸다.

쿵쿵, 쿵, 쿵쿵쿵, 쿵…….

그때였다. 침상이 천천히 옆으로 움직이기 시작했다. 곧 사람 한 명이 통과할 만한 구멍이 생겼다.

삼 층 위에서 송연화의 얼굴이 모습을 드러냈다.

"무명?"

"그렇소. 나요."

송연화는 입을 살짝 벌린 채 놀란 표정을 감추지 못했다. 수많은 망자들을 뚫고 무명이 삼 층으로 다시 올라온 것이 믿어지지 않는다는 얼굴이었다.

무명은 재빨리 삼 층으로 올라갔다. 송연화가 말했다.

"저는 당신이 무사하지 못할 줄 알았어요."

"걱정해 줘서 고맙소. 하지만 보시다시피 아무 일도 없소."

"총대장님은요?"

송연화가 묻자, 수로공도 궁금한지 무명을 쳐다봤다.

무명은 아무 말 없이 고개를 좌우로 저었다.

"총대장님은 결국 망자들의 손에 죽었군요……."

송연화와 수로공은 금위군 총대장 청일이 죽은 사실에 충격을 받은 눈치였다.

무명이 차갑게 둘을 다그쳤다.

"이러고 있을 때가 아니오. 이곳을 탈출합시다."

"탈출? 침상을 다시 막고 아침이 오길 기다리는 게 좋지 않겠나?"

조용히 있던 수로공이 입을 열었다. 하지만 무명이 고개를 흔들며 말했다.

"저도 그렇게 생각했습니다. 하지만 기회가 생겼습니다. 지금 기회를 놓쳤다가는 무슨 일이 벌어질지 모릅니다."

무명은 수로공에게 존대를 하며 슬쩍 귀비를 쳐다봤다.

수로공이 천천히 고개를 끄덕였다. 그 역시 환관의 몸이니, 귀비의 안전을 무시할 수 없었던 것이다. 아침이 되어 무사히 건물을 탈출했다고 쳐도, 그동안 귀비가 죽거나 다치면 셋의 목숨은 없는 것이나 다름없었다.

실은 무명은 일 층을 떠나면서 계획을 바꾸기로 마음먹었다.

지하실의 어둠 속에 숨어 있던 그림자 때문이었다.

청일에게 달려드는 궁녀들의 움직임으로 볼 때, 석일객잔에서 구자개가 그러던 것처럼 그림자가 궁녀들을 조종하는 것이 틀림없었다. 그때 창천칠조 일행은 이강이 말한 세 가지 방법을 지켰는데도 망자들에게 존재를 들키지 않았던가.

만약 그림자가 궁녀들에게 마구잡이로 산 사람을 공격하라고 명령한다면?

무명은 청일을 미끼로 삼아 도망칠 수 없었을 것이다.

때문에 그는 작전을 변경한 것이었다.

수로공이 마음을 정했는지 말했다.

"좋다. 건물을 나가도록 하지."

그런데 무명이 둘을 막으며 말했다.

"잠깐 기다리십시오."

"또 뭐냐?"

"탈출하기 전에 반드시 명심하실 게 있습니다."

무명이 사뭇 진지한 목소리로 말했다. 송연화와 수로공은 영문을 몰라서 서로의 얼굴을 돌아봤다.

"아래층에 망자들이 있습니다."

"망자? 그게 무어냐?"

"한번 죽은 시체가 다시 되살아난 것을 망자라고 부릅니다."

"뭐라고? 아직도 그런 헛소리를……."

수로공이 두 눈썹을 찡그릴 때, 무명이 말을 자르며 되물었다.

"밑에서 금위군 총대장님이 망자들의 손에 목숨을 잃었습니다. 총대장님도 제 말을 듣지 않고 망자를 우습게 여기셨지요. 설마 수로공도 총대장님의 실수를 되풀이하시려는 겁니까?"

"으음……."

수로공의 표정이 대번에 바뀌었다. 강호의 절정고수인 금위군 총대장마저 망자에게 죽었으니, 그는 무명의 말을 코웃음치며 넘겨 버릴 수 없었던 것이다.

"무슨 애기인지 말해보아라."

"잘 들으십시오. 망자에게 들키지 않고 여기를 탈출하려면……."

무명은 망자를 피하는 법을 설명했다. 호흡을 멈추고 무표정을 유지할 것. 송연화와 수로공 둘 다 피를 흘리지 않으니, 세 번째 방법은 말할 필요가 없었다.

무명의 설명을 들은 수로공이 이상한 표정을 하며 중얼거렸다.

"그것 참 괴이하군. 정말 괴이해……."

"잘 알았어요. 그럼 서두르죠."

무명은 침상으로 갔다. 청일에게 점혈당한 귀비는 침상에 쓰러진 채 깨어나지 못하고 있었다. 차라리 귀비가 정신을 잃은 쪽이 편했다.

무명은 침상 주위에 널려 있는 비단 천을 찢어서 귀비의 입과 코를 막았다. 그것도 모자라 비단 천으로 귀비의 얼굴을 칭칭 감기까지 했다. 혼절한 귀비가 잠시 숨을 못 쉬게 하려는 것이었다.

무명이 귀비를 등에 업었다. 송연화가 귀비를 부축해서 무명의 등에 올렸다.

그때 송연화가 침상 옆에 있는 등불을 건드렸다.

털퍽. 그런데 하필이면 등불이 비단 천이 있는 곳에 뒤집어졌다. 기름이 가득 차 있던 등불 접시가 엎어지자, 불이 삽시간에 비단 천으로 옮겨붙었다.

송연화가 난처한 얼굴로 말했다.

"미안해요."

사과를 들을 필요도, 시간도 없었다. 이제 삼 층에서 탈출하든가 불에 타 죽든가, 두 가지였다.

그게 아니면 망자들에게 잡아먹히든지.

무명이 귀비를 등에 업은 뒤 말했다.

"갑시다."

무명, 송연화, 수로공은 한 명씩 삼 층 입구를 내려갔다.

이 층에 도착하자, 수로공이 어둠 속을 훑어보며 속삭였다.

"망자는 어디에 있는가?"

"쉿. 절대 입을 열지 말라고 하지 않았습니까?"

"아, 알았네."

그들은 다시 계단을 내려갔다.

일 층에 발을 들인 순간, 굳이 묻지 않아도 망자가 어디 있는지 알 수 있었다.

귀비의 궁녀 수십여 명이 중앙에 한데 모여서 무언가를 먹고 있었기 때문이다.

송연화와 수로공의 눈이 크게 뜨였을 때, 무명이 무표정한 시선으로 그들에게 주의를 줬다. 다행히 둘은 숨을 그대로 참은 채 표정을 바꾸지 않았다.

화장해서 안 그래도 붉은 궁녀들의 입술은 피칠갑이 되어 더욱 붉게 보였다. 그들은 기다란 손톱으로 무언가를 잡아 뜯은 다음 입에 갖다 대고 미친 듯이 씹고 또 씹었다.

쫘아악, 찌걱, 찌걱, 흐르릅…….

송연화와 수로공, 둘 중 누구도 궁녀들이 무엇을 먹고 있는지 묻지 않았다.

아니, 차마 상상하기도 싫다는 얼굴이었다.

건물을 나가려면 계단에서 궁녀들이 있는 곳을 비켜서 지나가야 했다.

무명이 눈빛으로 독촉했다. 서두릅시다.

셋은 천천히 한 발짝, 한 발짝씩 일 층 현관을 향해 발을 옮겼다.

삐그덕, 삐그덕, 삐그덕…….

셋이 발을 디딜 때마다 나무로 된 마룻바닥이 비명을 질렀다. 특히 귀비의 무게까지 더해진 무명이 걸을 때 더욱 크게 소리가 났다.

…궁녀들은 식사에 정신이 없었다.

마치 이른 봄에 살얼음판을 걷는 듯한 장면.

그때 궁녀 하나가 고기를 뜯다 말고 슬며시 고개를 들었다.

셋은 그 자리에서 발을 멈추며 얼어붙었다. 분명 발을 멈췄는데 무슨 소리가 들렸다.

쿵, 쿵, 쿵…….

그것은 세 명의 심장 소리였다.

궁녀가 고개를 갸웃거리며 물끄러미 셋을 쳐다봤다.

차 한 모금 삼킬 찰나였다. 그 짧은 시간이 마치 영겁처럼 느껴졌다.

마침내 궁녀가 고개를 숙였다. 송연화와 수로공은 무명이 말한 두 가지를 철저히 지켰던 것이다.

셋은 다시 발을 옮겼다. 그리고 건물을 나오자마자 금위군이 있는 곳을 향해 달렸다.

그들 중 아무도 뒤를 돌아보지 않았다.

『실명무사』 3권에 계속…